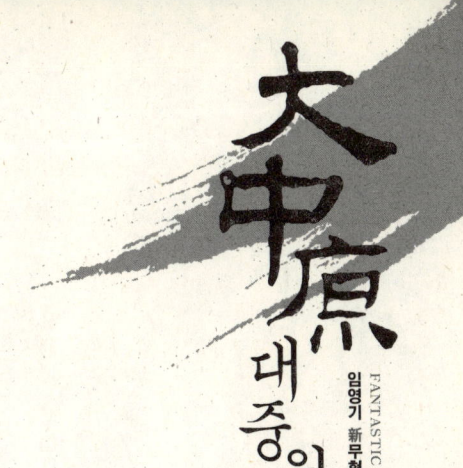

大中原
대중원

임영기 新무협 판타지 소설
FANTASTIC ORIENTAL HEROES

대중원 4

임영기 新무협 판타지 소설

초판 1쇄 찍은 날 § 2011년 4월 1일
초판 1쇄 펴낸 날 § 2011년 4월 8일

지은이 § 임영기
펴낸이 § 서경석

총괄팀장 § 유경화
편집 § 어정원

펴낸곳 § 도서출판 청어람
등록번호 § 제1081-1-89호
등록일자 § 1999. 5. 31
어람번호 § 제2-2071호

주소 § 경기도 부천시 원미구 심곡2동 163-2 서경B/D 3F (우) 420-822
전화 § 032-656-4452 팩스 § 032-656-4453
http://www.chungeoram.com
E-mail § chungeoram@chungeoram.com

대중원

FANTASTIC ORIENTAL HEROES

임영기 新무협 판타지 소설

大中原

4 전란(戰亂)

도서출판
청람

目次

第三十七章
무릉도원 속의 지옥

곤명성은 운남성에서는 제일 큰 전지(滇池)라는 호수의 북쪽에 위치해 있다.

전지는 남북으로 길쭉한 타원형의 호수이며, 남북의 길이가 사십여 리, 동서의 가장 긴 곳은 삼십여 리, 짧은 곳은 이십여 리에 달한다.

전지 바로 아래쪽, 아니, 정확하게 설명하자면 약간 동남쪽에 치우쳐서 전지와 비슷한 모양의 호수 하나가 더 있다.

그 호수가 바로 무선호(撫仙湖)이며 역시 호수 북쪽 끝에는 징강현(澄江縣)이 위치해 있다.

전지와 무선호 두 호수의 가장 가까운 거리는 동남쪽으로 삼십오 리 정도다.

곤명성에는 정파인 천의맹 곤명지부가 있고, 징강현에는 사파인 사황벌 징강지부가 있다.

곤명성에서 징강현까지의 거리는 대략 육십여 리이며, 전지 북쪽 끝인 곤명성에서 무선호 남쪽 끝까지는 백 리에서 몇 리쯤 모자라는 거리다.

남북 백여 리, 동서 오십여 리 안에 위치한 전지와 무선호, 곤명성과 징강현 일대가 바로 운남성의 패권을 놓고 일대 혈전을 벌이고 있는 전장(戰場)이다.

이 좁은 지역 내에 천의맹 곤명지부 휘하 여덟 개 분타와 사황벌 징강지부 휘하 열두 개 분타가 밀집하여 매일 일진일퇴(一進一退)를 거듭하면서 강과 대지에 피를 뿌리고 있는 것이다.

*   *   *

천의맹 곤명지부는 곤명성 남쪽, 그러니까 전지 호수가 시작되는 지점의 호숫가에 위치해 있다.

곤명성은 동쪽과 북쪽, 서쪽 삼면이 둘러싸여 있어서 호수를 면해 있는 남쪽이 성내에서도 가장 번화하고 노른자로 꼽히는 곳이다.

진원분타를 떠난 진검룡의 경혼조는 닷새가 걸려서 곤명

성에 도착했다.

하등의 서두를 일이 없으니 나들이하듯이 산천도 구경하고 맛있는 요리와 술도 실컷 먹고 마시면서 천천히 왔다.

진원현 최고 요리 실력을 자랑하는 옥청이 있는데다 그녀의 수레에는 한 달 이상 먹고 마실 수 있는 요리 재료와 술이 실려 있었다.

그래서 경혼조원들은 하루에도 대여섯 차례 아무 데나 경치 좋은 곳에 자리를 펴고 퍼질러 앉아 실컷 놀았다.

여북하면 경혼조원들이 조금만 더 놀다가 곤명성에 가자고 입을 모아 성화를 부렸겠는가.

그들을 괴롭힌 것은 딱 한 가지였는데, 바로 술이 거나하게 취해서 비파를 타며 노래를 부르는 낭랑 때문이었다.

정말이지 그녀는 지독하게 노래를 못 불렀다. 더구나 그녀는 제멋대로 개사한 백거이의 '영웅비파행' 밖에 몰라서 닷새 동안 그 노래만 백 번 이상 불렀다.

그 바람에 경혼조원들은 몸서리쳐지도록 지겨운 그 노래를 다 외워 버릴 정도였다.

다각다각… 덜그럭… 덜컹…….

진검룡과 두 대의 수레에 나누어 타고 있는 경혼조원들은 어느 대장원 전문 앞을 지나가고 있는 중이었다.

그곳은 바로 천의맹 곤명지부다.

전문을 쳐다보는 경혼조원들의 표정은 가지각색이다. 하지만 어느 때보다도 눈빛이 투지로 이글거리고 있다는 점에서는 모두 같았다.

전문은 양쪽이 활짝 열려 있었고 짐을 잔뜩 실은 수레와 마차들이 줄지어 안으로 들어갔으며, 그 옆으로는 빈 수레와 빈 마차들이 나오고 있었다.

수레와 마차의 물건들은 아마도 대규모 싸움에 필요한 물자들인 듯했다.

과연 곤명지부는 운남성에서의 사황벌과의 싸움을 총지휘하는 총본대(總本隊)답게 분주했다.

그 광경을 보는 경혼조원들은 자신들도 이제 곧 싸움에 투입된다는 생각에 한껏 긴장하고 또 흥분한 모습을 감추지 못했다.

지금 경혼조는 진원분타주 강무교와 조원들이 있는 주둔지로 가고 있었다.

우선 강무교에게 보고를 하고 난 다음에 이곳 곤명지부에 인사를 하러 오게 될 것이다.

낭랑이 힐끗 고선을 쳐다보았다. 고선은 곤명지부 전문을 바라보면서 약간 복잡한 표정을 짓고 있었다.

하지만 당장 달려들어 가고 싶어 하는 표정은 아니었다. 그녀에게서도 어느덧 경혼조원만의 더께가 두텁게 입혀져 있는 듯했다.

선두의 진검룡은 곤명지부 전문을 한차례 힐끗 보고는 묵묵히 전방만 주시했다.

그의 앞에 앉은 옥청은 다리를 모으고 옆으로 앉은 채 진검룡의 품에 포근히 감싸인 채 안긴 모습이다.

눈을 감고 있으며 마치 꿈을 꾸는 듯 행복한 표정이다. 그녀는 이따금씩 눈을 뜨고 살며시 진검룡을 올려다보고는 행복한 미소를 지으면서 다시 사르르 눈을 감았다.

"와아! 전지다!"

"꺄악! 너무 아름답고 넓어요!"

그때 무악과 미미가 환호성을 터뜨리며 꺅꺅거렸다.

경혼조가 가는 앞쪽에 드넓은 호수 전지가 나타난 것이다. 전지는 평지형 호수라서 사방이 막힌 데가 없어서 마치 바다처럼 보였다.

경혼조가 있는 곳은 관도의 끝 부분인데 야트막한 언덕 위라서 끝없이 펼쳐진 전지의 전경이 한눈에 내려다보였다.

경혼조원 모두는 전지를 보면서 가슴이 탁 트이는 듯한 표정을 지었다.

이때만큼은 옥청도 진검룡의 품에서 몸을 일으켜 상체를 곧추세우고 좀 더 자세히 보려고 목을 잔뜩 길게 뺐다.

특히 진원현을 벗어나 본 적이 없는 옥청과 무악, 그리고 미미의 눈에는 전지가 너무도 신기하고 장엄하게 보였다.

옥청은 잘 보이지 않는지 몸을 세우고도 고개를 이쪽저쪽으로 기웃거렸다.

그걸 보고 뒤에 앉은 진검룡이 두 손으로 그녀의 끊어질 듯 가느다란 허리를 안고 불쑥 위로 들어 올려주었다.

"어머……?"

그녀는 작은 탄성을 흘리고는 고개를 돌려 진검룡을 굽어보며 발그레 얼굴을 붉혔다. 그러면서도 행복에 겨운 표정을 잊지 않았다.

문득 그녀는 진검룡이 자신을 들어 올리면 자신의 둔부가 그의 얼굴 앞에 있을 것이라는 생각이 들자 더 민망하고 부끄러워서 어쩔 줄을 몰라 했다.

하지만 진검룡이 기껏 올려주었는데 다시 내려달라고 하지도 못하고 전전긍긍하면서 호수를 보는 둥 마는 둥 했다.

관도가 끝나는 곳에는 길이 양쪽으로 갈라지면서 호숫가를 따라서 이어지고 있으며, 길 양쪽으로는 수많은 주루와 기루, 다루 등이 처마를 맞대고 길게 늘어서 있는 광경이 장관을 이루고 있었다.

그때 약삭빠른 조제가 수레에서 냉큼 뛰어내려 주위 점포에서 진원분타 주둔지에 대해서 물어보았다.

그런데 몇 사람에게 물어도 한결같이 모른다고 손사래를 칠 뿐이었다.

결국 조제는 열댓 명에게 물어서야 겨우 뭔가 알아냈는지 돌아와서 오른쪽으로 난 길을 앞장서 뛰듯이 걸어갔다.

호숫가의 주루와 기루들은 관도가 끝나는 곳에서 무려 이백여 장 이상 길게 이어졌다가 이윽고 드문드문하더니 완전히 사라져 버렸다.

그리고 그곳에서부터는 커다란 천막들이 띄엄띄엄 줄지어 늘어서 있었다.

몹시 낡은 천막들인데 군데군데 찢어지고 빛이 바래서 흡사 빈민들이 모여 사는 곳처럼 보였다.

다각다각… 덜그럭… 덜컹…….

경혼조는 그 앞으로 난 흙먼지 길을 천천히 나아가며 천막을 살펴보았다.

천막은 가로 이십여 장, 세로 십오륙 장 정도로 매우 컸으며, 사방이 막혀 있고 길이 있는 호수 쪽에 좁은 입구마저도 닫혀 있었다.

"살펴볼까요?"

수레 위에서 동풍이 진검룡을 보며 물었다. 그가 고개를 끄덕이자 동풍은 수레에서 내려 바람처럼 첫 번째 천막으로 달려갔다.

박투술을 시작한 이후 경혼조원들의 움직임은 몰라볼 정도로 민첩해진 상태다.

또한 박투술을 시작한 후 엿새째에 진검룡은 모두에게 박투술에 가장 적합한 도검합술(刀劍合術)인 발도산검파(拔刀散劍波)라는 초식을 가르쳤다.

그것은 진검룡이 오랜 싸움 경험을 바탕으로 해서 창안해 낸 수법인데, 청룡검대 고수들에게 가르쳐서 탁월한 효과를 거두었었다.

동풍은 천막 입구로 달려가서 조심스럽게 거적을 들어 올리고 안을 들여다보았다.

순간 그의 얼굴에 놀라움이 떠올랐다. 천막 안은 매우 넓었으며 여러 칸으로 나누어져 있었는데, 텅 빈 상태에서 뭔가 썩는 듯한 악취가 물씬 풍겼다.

"으으……."

입구에서 약간 안쪽의 어느 칸막이 안에서 여러 사람의 신음 소리가 흘러나오고 있어서 동풍은 멈칫거리며 그쪽으로 들어가 보았다.

칸막이의 천을 들춰보니 안에는 양쪽으로 나무 침상들이 빼곡하게 오륙십여 개가 놓여 있고, 거기에는 피투성이 부상자들이 누워 있었다.

그리고 대여섯 명의 남녀가 분주하게 부상자들을 치료하고 있었다.

"뭐야?"

그러다가 그중 한 명이 들여다보고 있는 동풍을 발견하고 신경질적으로 외치자 치료하던 남녀의 시선이 일제히 동풍에게 집중되었다.

동풍은 움찔해서 어눌하게 말했다.

"진원분타에서 왔는데… 동료들을 찾고 있소."

"맨 끝으로 가봐!"

두 손이 피투성이가 되어 부상자의 잘린 다리를 붙잡은 채 씨름을 하고 있던 사내는 버럭 소리를 지르고는 동풍에게 더 이상 신경 쓰지 않았다.

동풍은 주춤주춤 뒷걸음질치다가 몸을 돌려 걸어나오면서 착잡한 표정이 되었다.

방금 본 부상자들이 누군지, 그리고 어쩌다가 저 지경이 되었는지는 누군가의 설명을 듣지 않아도 알 것 같았다.

진원분타의 임시 거처도 이런 광경하고 별반 다르지 않을 것이라는 생각이 들자 가슴이 답답해졌다.

그리고 동풍 자신이나 경혼조도 머지않아 이런 모습이 될지도 모른다는 불안이 엄습했다.

조금 전까지만 해도 전지 호수의 아름다운 풍광에 도취되었던 그는 이제야 비로소 전쟁터 한복판에 온 것을 조금쯤 실감하게 되었다.

그가 천막 밖으로 나가니 경혼조는 벌써 저만치 십여 장쯤 멀어지고 있었다.

전력으로 달려가는 그의 눈앞에 펼쳐진 석양이 내려앉기 시작한 아름다운 호수의 붉은 기운이 그의 눈에는 전쟁터에서 죽어가는 자들의 핏물로 보였다.

부상자를 치료하던 자가 말해준 대로 진원분타의 임시 거처는 줄지어 늘어선 천막들의 맨 마지막에 있었다.

그곳은 맨 마지막 천막일 수밖에 없었다. 왜냐하면 그 옆으로 한줄기 강이 흐르고 있었기 때문이다.

그 강은 전지에서 흘러나가는 단 하나의 강으로써 당랑천(蟷螂川)이라고 하며, 북쪽으로 백여 리쯤 흘러가서는 보도하(普渡河)라는 이름으로 바뀌고, 그곳에서 삼백여 리쯤 더 북쪽으로 굽이쳐 흘러가서 저 유명한 금사강(金沙江)으로 흘러들어 간다.

그리고 금사강은 운남과 사천(四川)의 수천 척 산악 지대 협곡 사이를 장장 천여 리 정도 더 흘러가다가 장강(長江)과 합류한다.

여하튼 진원분타 천막은 당랑천 바로 옆에 있었다. 앞은 드넓은 호수고, 오른쪽은 강이며, 뒤쪽은 초원이다.

그런데 진원분타 천막은 앞쪽의 일곱 개 천막보다 더 낡았으며 훨씬 작았다.

더구나 군데군데 찢어져서 안이 다 들여다보였고 바람이 숭숭 통하는 꼴이 영 말이 아니었다.

경혼조원들이 직접 와서 눈으로 보기 전까지는 그래도 곤명지부 휘하 여덟 개 분타 수하들이 번듯한 집에서 숙식하며 싸움에 임할 줄로만 알았었다.

그런데 노숙이나 다름없는 천막 생활을 하고 있을 줄이야 상상조차 하지 못했다.

경혼조원들은 말과 수레에서 내려 진원분타 천막 앞에 하나둘 모여들었다.

진원현에 고래등 같은 분타를 놔두고 이런 곳에서 거지꼴이나 다름없는 생활을 하고 있는 것을 보니 경호조원들은 가슴이 답답해졌고, 그것이 얼굴에 그대로 드러났다.

슥—

그때 훈용강이 앞으로 나서 입구의 거적을 젖히곤 옆으로 비켜섰다.

진검룡이 천천히 안으로 들어가고 조원들이 그 뒤를 따라 들어갔다.

동풍은 첫 번째 천막을 들어가 보고 나서 조원들에게 아무 말도 하지 않았었는데 이곳도 별반 다르지 않을 것이라고 생각했다.

그런데 그는 맨 마지막으로 천막 안에 들어가 보고는 눈을 커다랗게 뜨고 놀라며 할 말을 잃고 말았다.

동풍이 첫 번째 목격했던 천막 안의 풍경과 진원분타 천막 안의 광경은 많이 달랐다.

첫 번째 천막 안과 비교조차 할 수 없을 정도로 열악한 광경이 펼쳐져 있었다.

이곳 진원분타 천막 안은 칸막이조차도 없고 그저 사방이 훤하게 뚫린 맨땅이었다.

그리고 한쪽 구석에 십오륙 명의 부상자들이 거적 위에 나란히 눕혀져 있었으며, 그들을 돌보는 사람은 나이 먹은 여자 한 명뿐이었다.

그녀는 온몸이 피범벅이 되어 부상자들을 돌보고 있었으며, 얼마나 치료에 집중하고 있었으면 경혼조원들이 들어온 것도 모르고 있을 정도였다.

그녀의 온몸이 피범벅인 것은 부상자들의 피가 묻었기 때문이다. 그녀는 사십대 중반의 나이로 보였는데, 무척이나 힘겹게 부상자들을 치료하고 있었다.

경혼조원들은 그녀가 너무 열심이어서 함부로 말을 붙이지 못하고 그 뒤에 빙 둘러서서 지켜보고만 있었다.

옥청은 얼결에 따라 들어왔다가 부상자들의 끔찍한 모습이 무서워서 몸서리를 치더니 진검룡 뒤에 꼭 붙어서 등에 얼굴을 묻고 가만히 있었다.

"휴우… 어?"

이윽고 여인이 허리를 펴면서 긴 한숨을 토해내다가 자신을 빙 둘러싼 채 서 있는 경혼조원들을 발견하고는 가볍게 표정이 변했다.

"당신들 뭐야?"

이런 상황에서 낯선 사람들을 만나면 화들짝 놀라는 것이 당연할 텐데, 여자는 이웃집 개를 보듯이 무뚝뚝한 얼굴로 툭 내뱉었다.

다들 어이없다는 표정을 짓고 있는데 역시 경험이 많은 훈용강이 앞으로 한걸음 나서며 조용한 어조로 설명했다.

"우린 진원분타 추혼향 휘하의 경혼조원이오. 분타주께선 어디에 계시오?"

여인은 가까이에서 보니까 얼굴에 주름이 자글자글해서 고생한 흔적이 역력했다.

또한 뺨에 손가락 한 마디 길이의 길쭉하고 깊은 흉터가 새겨져 있어서 인상이 사나워 보였다.

하지만 나이가 들었다는 것을 제외하면 그다지 보기 싫은 용모는 아니다.

아니, 오히려 약간 예쁘장한 구석도 있었지만, 어떤 경륜과 세월의 더께, 생활의 팍팍함 같은 것들에 묻혀서 빛이 바랜 모습이었다.

"분타주 이하 동료들은 싸우러 갔는데 이틀 후에나 돌아올 게요. 그동안 어디 대충 궁둥이 붙이고 쉬면서 기다리시오. 남는 손이 있으면 부상자 치료하는 것 좀 거들던가."

여인은 말하는 것이 영락없이 남정네나 진배가 없다. 그렇지만 막 굴러먹은 낭랑하고는 질적으로 다른 느낌이다. 낭랑이 천방지축 아무것도 모르는 선머슴이라면, 이 여인은 산전수전 다 겪은 진국 느낌이다.

"그대는 어째서 싸우러 가지 않았소?"

훈용강의 말에 여인은 발끈해서 당장에라도 그를 한 대 때릴 기세였다.

"날 그대라고 부르지 마라! 나는 황룡당 휘하⋯ 아!"

그녀는 노한 얼굴로 소리치다가 훈용강을 빤히 주시하며 나직한 탄성을 터뜨렸다.

"이거⋯ 적룡당주 아니십니까?"

기쁜 듯한 그녀의 말투는 영락없이 사내가 반가운 친구를 만났을 때의 그것이었다.

"그렇소. 훈용강이오."

"하하하! 경혼조원이 되셔서 곤명성으로 오신다는 소문은 들었습니다! 정말 오셨군요! 반갑습니다!"

여인은 환하게 웃으면서 훈용강의 손을 두 손으로 덥석 잡더니 위아래로 흔들었다.

그녀의 음색은 무척이나 맑고 고운 편인데 사내처럼 웃으면서 호탕하게 말하는 것이 썩 잘 어울렸다. 그녀는 무슨 행동을 하고 또 무슨 말을 하든 다 잘 어울릴 것 같았다.

훈용강은 여인을 보며 빙그레 미소 지었다.

"왜 싸움에 나가지 않고 집을 지키고 있소?"

그렇게 물으면서도 훈용강은 '내 이럴 줄 알았지' 하는 표정을 지었다.

여인은 훈용강의 물음에 금세 풀죽은 표정이 되어 고개를 숙이더니 발끝으로 땅을 가볍게 툭툭 찼다.

"나는⋯ 진원분타로 돌아가기 위해서 대기 중입니다."

"무슨 일이 있소?"

훈용강의 얼굴에는 '또 무슨 사고를 친 것이오?' 라는 표정
이 떠올라 있었다.

그러나 여인은 그의 말을 곧이곧대로 듣고 불퉁한 표정으
로 대답했다.

"분타주의 명령에 불복종했습니다."

이어서 그녀는 하고 싶은 말이 아주 많은데 지금은 듣는 사
람이 너무 많아서 할 수 없다는 듯한 표정을 지었다.

"싸움을 그런 식으로 해선 안 됩니다. 사황벌 놈들이 교활
하게 나오면 우리도 같은 방식으로 해야 합니다. 그런데 분타
주는 정파인은 그래서는 안 된다면서…….."

훈용강은 눈으로 보지 않아도 무슨 일이 일어났는지 훤
하게 알 것 같았다.

그는 여인을 진검룡에게 소개하려다가 보일 듯 말 듯 미소
를 지었다.

진검룡 역시 여인이 무슨 일을 저질렀는지 알 것 같다는 표
정으로 희미한 미소를 짓고 있었기 때문이다.

"이분이 경혼조장입니까?"

훈용강이 소개하기에 앞서 여인이 진검룡을 보더니 반색
을 하면서 진검룡 앞으로 썩 나섰다.

훈용강은 엷게 미소 지으며 고개를 끄덕였다.

"그렇소."

그는 진원분타 내에서 불과 몇 사람만을 좋아했다. 그중에

이 여인도 포함되어 있었다. 훈용강처럼 강직하고 까다로운 사람이 좋아한다면 그녀가 어떤 사람인지 대충 짐작할 수 있는 일이었다.

여인은 진검룡 앞에 당당하게 마주 서더니 무림인처럼 포권을 하고 가볍게 고개를 숙였다.

"처음 뵙겠습니다. 황룡당의 상쾌(爽快)입니다."

진검룡은 가볍게 고개를 끄덕일 뿐 아무 말도 하지 않았다.

유쾌, 통쾌 할 때의 상쾌라는 이름은 결코 흔하지 않다. 아니, 그런 이름을 사용하는 사람은 아마도 없을 것이다. 그런데도 여인 상쾌는 태연하게 자신을 상쾌라고 소개했다.

그녀는 사람들이 자신의 이름을 이상하게 여기는 것에 대해서 예전에는 일일이 설명을 했었으나 이제는 귀찮아서 더이상 하지 않는다. 그래도 진검룡에게는 해야 할 것 같다는 생각이 들었다.

"우리 아버지가 날 낳고 기분이 매우 상쾌했다고 '상쾌' 라는 이름을 지었다고 합니다. 그렇지만 부디 성이 뭐냐고는 묻지 마십시오."

예쁘장하면서도 주름이 자글자글 많은 사십대 중반의 여인 상쾌는 여전히 포권지례를 풀지 않은 상태로 진검룡을 힐끗 보며 부루퉁하게 말했다.

이번에도 진검룡은 묵묵히 그녀를 굽어볼 뿐이었다.

상쾌는 진검룡이 아무 말이 없자 그가 자신의 성에 대해서 궁금하게 여긴다고 생각하고 조금도 상쾌하지 않은 얼굴로 중얼거렸다.

"성은 부(不)입니다."

부상쾌(不爽快). 전혀 상쾌하지 않다는 뜻이다. 부친이 그녀를 낳고 기분이 매우 상쾌해서 그녀 이름을 '상쾌'라고 지었다는데, 실상 성을 붙여서 부르면 '상쾌하지 않음'이 돼버리는 것이다.

"큭큭큭……."

"푸훗……!"

진검룡 좌우와 뒤쪽의 경혼조원들이 웃음을 참으려고 눈물겨운 사투를 벌였다.

그러나 상쾌는 이런 일에는 이력이 났는지 별로 신경 쓰지 않고 훈용강의 소매를 끌고 한쪽으로 가서 뭔가 작은 소리로 숙덕거렸다.

진검룡은 한차례 천막 안을 둘러보고 나서 와평에게 뭐라고 지시를 내렸다. 이후 와평은 동풍과 조제를 데리고 천막을 나갔다.

이어서 진검룡은 소매를 걷어붙이고 부상자들을 향해 다가가 치료를 시작했다.

조원들은 진검룡이 다짜고짜 부상자들을 치료하기 시작하자 적잖이 당황했다.

하지만 조장이 치료를 하는데 조원들이 빈둥거릴 수만은

없어서 그의 주위로 몰려갔다.

부상자는 모두 열여섯 명이었다. 진검룡은 그들을 한차례 대충 살펴보는 것만으로 부상의 경중(輕重)을 간파하고 제일 심한 사람부터 돌보았다.

상쾌가 혼자서 온몸이 피범벅이 되면서까지 부상자들을 치료한다고 나름대로 노력은 했는데, 진검룡이 살펴보니까 제대로 치료된 사람은 한 명도 없었다.

그녀는 분타주 강무교에게 명령 불복종하여 진원분타로 돌아가기 위해서 이곳에 대기 중이라고 했다.

그렇다면 아무것도 하지 않아도 되는데 구태여 부상자들을 치료했다.

치료하는 솜씨는 형편없다손 쳐도 부상자들을 도외시하지 않는 그녀의 심성이 곱다.

진검룡은 부상자들 주위에서 뭘 해야 하는지 몰라 어정쩡하게 서 있는 경혼조원들에게 잘 보라고 이르고는 부상자 한 명을 치료해 보였다.

그는 원래 부상당한 사람을 치료할 때 혈도를 짚어서 지혈을 시킨 후에 진기로써 치료를 한다.

그러나 경혼조원들은 내공이 없기 때문에 그런 방법보다는 그냥 일상적인 치료법을 시범 보였다.

그의 시범이 끝나자 조원들은 부상자에게 달라붙어 방금 배운 방법을 땀을 뻘뻘 흘리면서 시도했다.

"사부님, 지혈하는 법을 가르쳐 주세요."

그때 무악이 치료하고 있는 진검룡에게 다가와서 공손히 말했다. 그의 뒤에는 그림자처럼 미미가 서 있었다.

"소영아."

진검룡은 주소영까지 불러 세 사람에게 부상자 한 명을 지혈하면서 어떻게 혈도를 눌러야 하는지 서너 차례 시범을 보여주었다.

주소영과 무악, 미미는 이미 혈도에 대해서 웬만큼 이해하고 있었기 때문에 지혈을 하는 것은 어렵지 않을 것이다.

"알 것 같아요. 한 번 해볼게요."

무악이 제일 먼저 밝게 말하면서 부상자를 향해 뛰어갔다.

그러나 주소영과 미미는 아직 조금 이해가 부족한지 진검룡 주위에서 미적거렸다.

진검룡은 귀찮아하지 않고 다른 부상자를 지혈하면서 몇 차례 더 시범을 보여주었다.

그런데 지혈을 처음 가르치기 시작했을 때부터 도록이 뒷전에 서서 딴청을 부리는 체하면서 진검룡이 하는 시범을 유심히 보고 있었다.

진검룡은 주소영과 미미가 부상자들에게 간 후에 도록을 불렀다.

"도록, 이리 와라."

주소영은 막 한 명의 부상자 앞에 앉으려다가 힐끗 진검룡과 도록을 돌아보았다.

그녀는 도록이 경혼조원이 된 이후 거의 한 달이 다 되어가지만 그와 다섯 마디도 나누지 않았다.

그녀는 죽을 때까지 도록을 용서하지 못할 것이라고 생각하고 있었다.

그녀가 단 한 가지 진검룡을 이해하지 못하는 것은, 어째서 도록을 경혼조원으로 받아들였는가 하는 것이었다.

그런데도 진검룡은 도록을 다른 경혼조원이나 조금도 다름없이 대하고 있었다. 주소영이 그토록 싫어하는 줄 잘 알면서도 말이다.

지금도 그는 도록을 옆에 앉히고는 그에게 혈도를 짚어서 지혈시키는 방법을 자세히 가르치고 있었다.

경혼조원 전원이 부상자들을 붙잡고 치료를 하느라 씨름하고 있을 때 도록에게 가르치기를 마친 진검룡이 일어나 천막 안을 둘러보다가 한쪽에 혼자 서 있는 옥청을 발견하고 불렀다.

"부인."

뭘 해야 할지 몰라서 진검룡의 눈치만 살피고 있던 그녀는 쪼르르 달려왔다.

"식사를 준비해 주시오."

"알겠어요."

할 일이 생긴 옥청은 기쁜 얼굴로 서둘러서 천막 밖으로 달려나갔다.

그녀는 진검룡이 평소에 자신을 '부인'이라고 부르지 말았으면 좋겠다는 바람을 갖고 있었지만 한 번도 입 밖에 내서 말한 적은 없었다.

욕심이 과하면 지금 갖고 있는 행복마저 위태로워질지 모른다는 불안감 때문이다.

그때 한쪽 구석에서 숙덕이고 있던 훈용강과 부상쾌가 진검룡에게 다가왔다.

그런데 훈용강은 약간 떫은 감을 씹은 듯한 표정이고, 부상쾌는 왠지 초조한 표정이다.

"주군, 속하는 뭘 하면 됩니까?"

"음. 너는 따로 할 일이 있다."

"하명하십시오."

진검룡이 훈용강에게 지시를 하는 동안 부상쾌는 약간 떨어진 곳에서 유심히 지켜보고 있었다. 그녀는 특히 진검룡을 눈여겨 살펴보았다.

또한 훈용강이 하급 무사들은 거의 사용하지 않는 '주군'이라는 호칭으로 진검룡을 부르고, 또 조원과 조장의 관계가 아닌 주종과도 같은 깍듯한 모습을 보고는 적잖이 충격을 받은 듯한 표정을 짓고 있었다.

지시가 끝나고 훈용강이 천막 입구로 향하자 부상쾌가 진검룡에게 다가와 단도직입적으로 말했다.

"조장님, 저를 경혼조원으로 받아주십시오."

훈용강은 천막을 나가려다가 다시 돌아와서 굳은 얼굴로 부상쾌를 꾸짖었다.

"상쾌, 하지 말라고 했잖소."

"그것은 당주 말씀이고 저는 그러겠다고 한 적 없습니다."

훈용강은 진검룡에게 정중히 말했다.

"주군, 그녀를 받아들이지 마시기 바랍니다."

부상쾌를 경혼조원으로 받아들였을 경우에 무슨 일이 벌어질는지 불을 보듯이 뻔하기 때문이다.

그러나 부상쾌는 조금도 물러서지 않았다.

"경혼조원이 되고 싶습니다."

"진원분타로 쫓겨가고 싶지 않은 것이겠지. 그래서 이곳에 남아 계속 싸우고 싶기 때문이 아니오?"

훈용강의 질타에 부상쾌는 대꾸도 하지 않고 다부진 모습으로 진검룡만 주시했다.

두 사람의 결사적인 모습과는 달리 진검룡은 느긋했다.

"하나만 약속하면 받아주겠소."

"주군! 후회하실 겁니다!"

"무엇입니까? 말씀하십시오!"

훈용강과 부상쾌가 동시에 외쳤다.

진검룡은 차분하게 조건을 말했다.

"내 말에 절대복종해야 하오."

"절대복종……."

부상쾌는 움찔했다. 그녀가 진원분타 최고의 사고뭉치가 된 첫 번째 이유가 바로 윗사람에 대한 명령 불복종이었다. 그런 그녀에게 진검룡이 절대복종을 요구한 것이다.

훈용강은 비로소 안도의 한숨을 내쉬었다. 부상쾌가 진검 룡의 요구를 받아들일 리가 없다는 사실을 알기 때문이다.

부상쾌는 복잡한 표정으로 눈도 깜빡이지 않고 진검룡을 빤히 노려보았다.

반면에 진검룡은 담담한 표정으로 그녀를 마주 쳐다보았 다.

"끙!"

이윽고 부상쾌가 묵직한 신음을 토해냈다.

훈용강은 이제 됐다 하는 표정을 지으며 천막 입구 쪽으로 가려고 몸을 돌렸다.

"하겠습니다, 절대복종."

그때 등 뒤에서 부상쾌의 짓씹는 듯한 목소리가 들리자 그 는 뚝 걸음을 멈추고 뒤돌아보았다.

그때 주소영이 잽싸게 부상쾌를 불렀다.

"너, 이리 와라."

부상쾌는 곱지 않은 눈으로 주소영을 쏘아보며 날카롭게 되받아쳤다.

"꼬마야, 날 불렀니?"

주소영은 해맑게 미소 지으며 고개를 끄덕였다.

"그래. 그런데 이 꼬마가 부조장이다."

부상쾌의 얼굴이 보기 싫게 일그러지는 것을 보면서 훈용강은 어쩌면 경혼조가 그녀를 제대로 다룰 수 있을지도 모르겠다고 자위를 하며 천막을 나갔다.

第三十八章

축제

강무교가 돌아오기를 기다리는 이틀 동안 경혼조원은 천막 뒤쪽 초지에서 하루 종일 박투술을 벌이면서 소일했다.

　경혼조의 박투술은 실로 많이 발전한 상태였다. 이제는 맞는 사람이 별로 없었다. 그렇기 때문에 한 대 때리는 것도 여간 힘든 일이 아니었다.

　경혼조원들은 예전에 알고 있던 재주를 다 버리고 진검룡이 가르쳐 준 발도산검파만을 죽어라고 수련했다.

　발도산검파는 일정한 규칙이나 초식이 정해져 있는 것이 아니다. 펼치는 사람의 취향이나 재능에 따라서 마음대로 변형이 가능하다.

그래서 경혼조원 십삼 명이 펼치는 발도산검파는 비슷한 것 같으면서도 제각각 달랐다.

다른 사람이 본다면 십삼 명이 십삼 종류의 초식을 전개하고 있는 것이라고 여길 것이다.

지금 천막 뒤쪽 초지에서 박투술을 벌이고 있는 사람은 열한 명이다.

훈용강은 진검룡의 명령으로 무엇인가 알아보러 갔으며, 도록은 천막 안에서 부상자들을 돌보고 있었다.

도록이 부상자들을 치료하는 일, 즉 의술에 관심이 크다는 사실을 알게 된 것은 진검룡으로서도 뜻밖이었다.

하지만 도록 자신도 그 사실을 처음 알게 되었다. 자신이 부상자들의 다친 곳을 아무렇지도 않게 만지고 치료한다는 사실에 누구보다도 놀라고 또 신기하게 여기고 있었다.

처음에 그는 진검룡에게 지혈하는 방법을 배워서 부상자 몇 명에게 사용했는데 솜씨가 제법이었다.

오히려 혈도에 대해서 잘 알고 있는 무악과 주소영, 미미보다 훨씬 나았다.

그래서 진검룡은 그를 곁에 데리고 다니면서 부상자들을 치료하면서 이것저것 세심하게 가르쳐 주었다.

도록은 진검룡이 예상했던 것보다 치료하는 방법을 더 잘 습득했으며 실제 응용에서는 다른 경혼조원들이 흉내조차 내지 못할 정도로 탁월한 솜씨를 발휘했다.

그래서 진검룡은 아예 도록 혼자 부상자들을 돌보라고 지시하기에 이르렀다.

경혼조원들이 박투술을 한데 어울려서 열심히 수련하고 있는 동안 부상쾌는 뚝 떨어진 곳에서 혼자 도술(刀術) 수련을 하고 있었다.

처음에 경혼조원이나 부상쾌는 서로에게 추호도 관심을 갖지 않고 제 할 일만 했다.

그러나 시간이 지날수록 부상쾌는 경혼조원들의 박투술에 흥미를 갖기 시작했다.

그녀는 무사들이 그런 식으로 떼 지어서 한꺼번에 싸우듯이 수련하는 광경을 처음 보았다.

더구나 얼핏 보기에는 오합지졸들이 어수선하고 무질서하게 마구 목검을 휘두르는 것 같지만, 조금 자세히 보면 전혀 그렇지 않다는 것을 알게 되었다.

그 광경은 경혼조원 열한 명이 제각각 다른 검무(劍舞)를 추는데, 기이하게도 아귀가 딱 맞아서 굴러가는 수레바퀴 같은 형국이었다.

삐죽삐죽 모가 나고 엉망인 열한 개의 조각이 결국은 하나의 수레바퀴를 만들어서 굴러가는 광경을 발견한 부상쾌가 어찌 경혼조원들의 박투술에 관심을 갖지 않을 수가 있겠는가.

결국 그녀는 경혼조원들이 박투술을 벌이고 있는 곳으로

천천히 걸어가서 멈추고는 나름 정중하게 말했다.

"나도 같이 합시다."

그러나 경혼조원들은 요란한 기합을 터뜨리고 빠르게 움직이면서 그녀의 말에는 귀도 기울이지 않았다.

부상쾌는 내심 기분이 상했으나 내색하지 않고 이번에는 조금 더 크게 외쳤다.

"나도 같이 수련합시다!"

그런데도 경혼조원들은 어느 집 개가 짖느냐는 듯 눈길조차 주지 않았다.

부상쾌는 발끈했으나 이 정도에서 물러나고 싶지 않았다. 그녀는 대단한 무술광(武術狂)이라서 새로운 무술을 보면 배우고 싶어서 온몸이 근질거린다.

문득 그녀는 어제 주소영이 했던 말이 기억났다.

"부상쾌, 넌 육기(六期), 막내다."

부상쾌는 갈등했다. 박투술에 참가하고 싶으면 자신이 육기 막내라는 사실을 인정해야만 할 것 같아서다.

잠시 머뭇거리던 그녀는 결국 인정할 수밖에 없었다. 앞으로 경혼조원으로 함께 부대끼며 살아가자면 이들과 친해질 수밖에 없다고 생각한 것이다.

그녀는 두 손을 모으고 정중하게 부탁했다.

"여러 선배님들! 막내 부상쾌도 함께 수련하기를 간곡히 청합니다!"

그랬더니 열한 명의 경혼조원이 약속이나 한 듯이 일제히 동작을 멈추고 그녀를 쳐다보았다.

이어서 낭랑이 손짓으로 그녀를 부르면서 너무도 자애로운 언니 같은 미소를 지었다.

"그래, 이리 온?"

낭랑뿐만 아니라 모두들 온화한 미소를 지으며 부상쾌가 자신들의 한가운데로 들어오기를 기다려 주었다.

그런 광경을 보고 부상쾌는 괜히 코끝이 시큰해졌다. 이토록 친절하고 착한 경혼조원들에겐 자신이 영원히 막내 노릇을 해도 좋다는 생각이 들었다.

경혼조원들이 부상쾌를 염려하듯 정답게 미소 지으면서 물었다.

"막내야, 이제 박투술을 시작해도 될까?"

"상쾌야, 언제든지 준비가 되면 말하려무나."

오랫동안 가족과 떨어져서 지낸 부상쾌는 경혼조원들의 따뜻한 배려에 정말 눈물이 핑 돌았다.

"저는… 이미 준비됐습니다, 선배님들. 언제든지 시작해도 괜찮습니다."

순간 경혼조원들이 일제히 목검을 치켜들고 한가운데 있는 부상쾌에게 벼락같이 달려들며 악귀처럼 소리쳤다.

"끼아앗! 갈가리 찢어 죽여라!"

"우야압! 무적 경혼조의 맛을 보여주자!"

"끼요오옷! 대갈통을 빠개서 뇌수를 홀홀 마셔 버리자!"

전장에서 잔뼈가 굵은 부상쾌는 그 순간 안색이 새하얗게 질려 버렸다.

'으으… 뭐 이런 것들이 다 있어?!'

진원분타 천막 앞쪽 호숫가에 진검룡과 훈용강이 나란히 서서 뭔가 대화를 나누고 있었다.

아니, 진검룡은 묵묵히 듣기만 하고 훈용강이 보고를 하는 모습이다.

그런데 팔짱을 끼고 호수를 응시하는 진검룡의 표정은 담담한 데 반해서 훈용강은 흥분과 울분으로 얼굴이 붉게 달아올라 있었다.

어제 진검룡은 훈용강에게 곤명지부에 대해서 좀 알아보라고 지시를 했었다.

훈용강은 어젯밤 늦게 진원분타 천막으로 돌아왔다가 꼭 두새벽에 다시 나갔었는데, 조금 전에 돌아와서 진검룡에게 보고를 하고 있는 것이다.

훈용강은 곤명지부에 대해서 꽤 자세하게 알아왔다. 그의 보고에 의하면, 겉으로 본 곤명지부는 사황벌 징강지부와의 싸움하고는 아무런 연관이 없는 것 같더라는 것이다.

곤명지부는 지부주인 고후가 육 남매의 맏이며, 그 아래 네 명의 형제가 곤명지부 네 개 전(殿)의 전주(殿主)를 맡고 있다고 한다. 물론 막내는 고선이다.

그런데 그중에 셋째인 뇌격전주(雷擊殿主) 고명(高明)만 싸움터에 나가 있고, 지부주 고후를 비롯한 네 명은 곤명지부에 남아 있다는 것이다.

어젯밤에는 곤명지부에서 대연회를 열어 곤명성의 내로라 하는 유지들을 불러들여 밤새 떵떵거리며 놀았다고 한다.

훈용강은 그 광경이 너무 흥청망청해서 한창 치열하게 싸움이 벌이고 있는 천의맹 곤명지부의 모습이 절대 아니라고 열변을 토했다.

더구나 곤명지부는 말로 설명하기 어려울 정도로 거대해서 전각의 수가 백오십여 채에 달했으며, 그중에는 빈 전각들이 수두룩한데도 운남성 각지에서 모여든 여덟 개 분타의 무사들을 노숙이나 다름없는 호숫가 낡은 천막에서 생활하게 한다고 훈용강은 목에 핏대를 올렸다.

"그뿐이 아닙니다. 곤명지부 창고는 물론이고 수십 채 전각마다 곡식과 물자들이 차고 넘쳤습니다. 그리고 속하가 무엇을 봤는지 아십니까?"

훈용강의 목소리는 격앙돼서 쇳소리처럼 카랑카랑했다.

"늦은 밤에 곤명지부 뒷문으로 여러 대의 수레가 조용히 빠져나가는 광경을 목격했는데, 거기에는 곡식과 옷감, 건육,

건포 등 생필품이 가득 실려 있었습니다."

그는 주먹을 움켜쥐고는 허공에 대고 흔들며 핏대를 올렸다.

"속하가 그 수레들을 따라가 봤더니 곤명성 북쪽에 있는 어느 장원으로 들어가더군요. 확인 결과 그곳은 거대한 창고 건물만 오십여 채가 들어찬 곡창(穀倉)이었습니다. 곤명성과 인근의 유지들이 사황벌과의 싸움에 써달라고 갖가지 물자를 보내면 곤명지부는 그것을 받아서 따로 보관하고 있는 것입니다. 그게 말이 됩니까?"

진검룡은 곤명지부가 썩은 것 같다는 생각이 들었다. 하지만 훈용강에게는 그렇게 말하지 않았다.

"뭔가 생각이 있겠지."

훈용강은 화가 머리끝까지 올라 씨근거렸다.

"속하가 이곳 호숫가에 천막을 치고 있는 일곱 개 분타 사람들에게 돌아다니면서 다 물어봤더니 곤명지부로부터 지급받는 것은 쌀 한 톨도 없으며 이곳에서 사용하는 것은 옷 한 벌, 무기 한 자루조차도 모두 자신들 분타에서 갖다 쓰고 있다고 했습니다!"

그게 사실이라면 곤명지부는 이 싸움을 돈벌이 기회로 삼고 있다는 얘기였다.

호수를 응시하는 진검룡의 방갓 안의 표정이 우울함으로 물들었다.

인간과 부패는 마치 바늘과 실처럼 끊어지지 않는 관계라는 생각이 들었다.

둘째 날 오후에 진검룡은 조원들에게 나무를 될 수 있는 대로 많이 구해오라고 해서 쓸 만한 것들은 잘 다듬어서 나무 침상 여러 개를 만들게 하고, 부스러기들은 땔감으로 사용하기 위해 천막 안 구석에 쌓도록 지시했다.

다 만들어진 나무 침상들은 천막 안으로 옮겨 한쪽에 나란히 고정시키고 그곳에 부상자들을 눕혔다.

단지 그렇게만 했는데도 천막 안은 아까하고는 달리 사람이 생활하는 곳처럼 느껴졌다.

이렇게 조금만 노력을 하면 좋아지는 것을 진원분타 사람들이라고 해서 어찌 몰랐겠는가.

필경 연일 계속되는 싸움에 극도로 지쳤을 테고, 겨우 살아서 귀환하면 사망자나 부상자들을 처리해야 하며, 밥 한 끼 끓여 먹고 쓰러져서 자는 것이 이곳 생활의 전부였을 것이다.

그리고 무엇보다도 진원분타를 더 궁핍하게 만든 것은 이미 오래전에 바닥을 드러낸 자금, 즉 돈이었을 것이다.

빚투성이인 진원분타가 도대체 이곳에서 싸움은 어떻게 하고, 또 생활은 어떻게 하고 있는지 신기한 일이었다.

진검룡은 조원들에게 천막 구석에 아무렇게나 쌓여 있는 솥 등 부정지속(釜鼎之屬)을 모두 꺼내서 씻게 하고, 옥청의 지휘하에 진원분타 전체 분량의 밥을 짓고 요리를 하도록 지시했다.

부상쾌의 말에 의하면 강무교 일행이 돌아올 때가 되어간다고 하니까 그들이 돌아오면 즉시 따뜻한 식사를 내어놓으려는 것이다.

경혼조원들은 무뚝뚝하고 냉담한 줄만 알았던 진검룡의 자상한 일면을 발견하고 기분이 한껏 고무되었다.

진검룡은 도록이 밥하는 것을 도우려고 천막에서 나오는 것을 보고 다시 들어가도록 했다.

"도록, 너는 부상자들을 돌봐라."

도록은 머뭇거리더니 진검룡에게 고개를 숙여 보이고는 천막 안으로 들어갔다.

강무교와 진원분타 무사들은 예상했던 것보다 늦게 해시(밤 10시)가 다 돼서야 귀환했다.

그들이 천막 뒤쪽 초원에서 강을 따라 길게 열을 지어서 꾸물꾸물 다가오는 것을 발견한 경혼조원들은 적잖이 놀라는 표정을 지었다.

그들은 멀리에서 봐도 가까이에서 봐도 영락없는 거지들 무리에 다름 아닌 몰골이었다.

어느 누구 한 사람 온전한 모습이 없었다. 찢어진 옷은 온통 흙투성이에 피투성이였으며, 걷는 것인지 기는 것인지 모를 정도로 느릿느릿 이동하고 있었다.

또한 얼굴에는 한결같이 극도의 피곤과 무기력한 권태가 덕지덕지 달라붙어서 그 자리에 쓰러지지 않는 것이 이상할 정도였다.

진검룡을 비롯한 경혼조원들은 천막 뒤편에 일렬로 나란히 늘어서서 다가오고 있는 강무교와 무사들을 기다렸다.

하지만 진검룡 등은 무리의 선두에서 강무교를 발견하지 못했다.

보통 우두머리가 무리를 이끄는 법인데 강무교 대신 일개 향주가 선두에서 걸어오고 있었다.

무리의 수는 대략 백팔구십여 명 정도 되는 듯했다.

진원분타 전체 인원이 삼백오십여 명이고, 진원분타에 남아 있는 인원이 칠십여 명, 경혼조가 십오 명, 천막 안의 부상자가 십오륙 명인 것을 감안하면 강무교가 이끄는 진원분타는 이곳의 싸움에서 그동안 육십여 명 이상이 희생됐다는 계산이 나온다.

진원분타의 무사들, 즉 진원무사들은 천막 뒤에 나란히 서 있는 진검룡과 경혼조원들을 발견하고서도 무덤덤한 반응을 보였다.

그들의 얼굴에는 오로지 따뜻한 한 끼를 먹고 빨리 쉬고 싶다는 욕구만 흐릿하게 떠올라 있었다.

진검룡은 주소영을 제외한 조원들에게 즉시 진원무사들에

게 식사를 제공하라고 지시했다.

천막 앞으로 간 진원무사들이 환호성을 터뜨리는 소리가
들려왔다.

"와아! 밥이다!"

"으핫핫핫! 이게 얼마 만에 보는 고깃국이냐?"

과연 지금 진원무사들의 최대 관심사는 먹는 것과 쉬는 것
뿐이라는 사실이 확인되는 순간이었다.

그들은 지금처럼 늦은 시간에 귀환하면 대충 밥을 해서 한
숟가락 떠먹고는 아무 데서나 쓰러져 잠을 청하는 생활을 반
복했었다.

오늘도 당연히 그럴 것이라고 여겼는데, 난데없이 따뜻한
밥과 고깃국에 여러 가지 맛있는 반찬까지 기다리고 있으니
생일이 따로 없었다.

진검룡이 강무교를 발견한 것은 무리의 가장 끝에서였다.

강무교는 부상자를 부축하면서 오고 있었으며, 그의 주위
에 세 명의 당주 역시 부상자를 부축하고 있었다.

무리의 후미엔 삼십여 명의 부상자가 따랐으며, 그들은 대
부분 부축을 받거나 업힌 모습이었다.

가벼운 경상을 입은 자들은 그냥 무리에 섞여서 걸었으며,
이들은 제법 중한 상처를 입은 자들이었다.

"오! 경혼조장, 와주었군!"

그때 진검룡을 발견한 강무교가 부축하고 있던 부상자를

다른 사람에게 맡기고 한달음에 달려오며 반갑게 외쳤다. 마치 오랫동안 헤어져 있던 반가운 옛 친구를 다시 만난 듯한 행동이다.

덥석!

"잘 왔네!"

강무교는 진검룡의 손을 거머잡고 흔들었다. 방금 전까지만 해도 몹시 피곤해 보였던 그의 얼굴에는 환한 표정이 가득 떠올랐다.

진검룡은 단지 가볍게 고개를 숙여 보이기만 했다.

진원분타 천막 앞 길 건너 호숫가에는 십여 개의 커다란 모닥불이 타오르고 있었다.

경혼조를 비롯한 진원무사 이백여 명은 십여 개의 모닥불에 둘러앉아서 식사를 하고 있었다.

모두들 더없이 푸근하고 흡족한 표정들이다. 사황벌 징강지부와의 싸움이 시작된 지 일 년이 다 되어가지만, 이런 진수성찬을 먹어보는 것이 처음이기 때문이다.

그중에 꽤 많은 수의 무사들이 금세 젓가락을 들지 못하고 밥그릇을 앞에 두고 눈시울을 붉히거나 눈물을 흘렸다.

사람이란 아주 작은 것에도 감동을 한다. 하루하루 팍팍한 생활에 언제 죽거나 중상을 입을지 모르는 상황에서의 감동일 경우에는 더욱 그렇다.

진검룡은 강무교와 함께 모닥불 가에 나란히 앉았다. 그곳에는 비룡당주와 황룡당주, 흑룡당주도 함께 있었다.

그리고 진검룡 옆에는 주소영이 바짝 붙어 앉아 있었다. 부조장이기 때문에 조장을 그림자처럼 수행해야 한다는 그녀의 주장이었다.

그들 앞에는 나무판자가 놓여 있고, 그곳에 각자의 밥과 국, 몇 가지 반찬들이 정갈하게 차려져 있었다.

그러나 강무교는 젓가락에 쉬이 손을 뻗지 못하고 물끄러미 바라보기만 하고 있었다.

그 때문에 강무교 주변의 사람들은 아무도 식사를 하지 못하고 묵묵히 강무교만 주시하고 있었다.

짧은 시간 동안 수많은 상념들이 강무교의 머릿속을 스치고 지나갔다.

진원현에서는 거들떠보지도 않았을 이런 초라한 밥상이 용맹한 투사 강무교의 굳건한 마음마저도 잔잔하게 흔들어놓고 있었다.

"좋군."

이윽고 강무교는 빙그레 미소를 지으며 젓가락을 집어들고 진검룡과 당주들을 둘러보았다.

"자, 들지."

잠시 밥과 국, 반찬을 먹느라 침묵이 흘렀다. 그러더니 곧 진검룡과 주소영을 제외한 모두의 얼굴에 적잖은 감탄이 떠올랐다.

"정말 맛있군! 이거 누구 솜씨인가?"

네모진 얼굴에 퉁방울 같은 눈, 송충이 같은 눈썹, 두툼한 입술을 지닌 흑룡당주가 볼이 미어지도록 먹으면서 진검룡을 보며 물었다.

진검룡 대신 주소영이 대답했다.

"우리 조원 중 한 명의 어머니가 여기까지 따라오셨는데 그분 솜씨예요."

"조원의 어머니?"

"진원분타에서 현 내 쪽으로 조금 가다 보면 제일 먼저 나오는 주루가 하나 있는데… 아, 거기 몰라요?"

그러자 황룡당주가 깜짝 놀라면서 나직이 외쳤다.

"오! 그렇다면 이게 가효모 솜씨란 말인가?"

"맞아요. 가효모의 솜씨예요."

평소에 무악네 주루에 이따금씩 들렀던 황룡당주는 격절탄상(擊節嘆賞)하며 감탄했다.

"하하하! 이런 곳에서 가효모의 요리를 먹을 수 있다니 정말 꿈만 같군!"

이어서 그는 가효모의 요리 솜씨에 대해서 잠시 동안 입에 침이 마르도록 칭찬을 했다. 그리고 그녀가 매우 미인이라는 사실을 덧붙이는 것을 잊지 않았다.

그리고는 다들 묵묵히 먹기만 했다. 할 말이 없는 것이 아

니라 요리가 너무 맛있기 때문에 먹느라 정신이 없는 탓이었
다.

"분타주, 뭔가 하나 빠진 것 같지 않나요?"

그때 귀에 익은 목소리가 들렸다. 모두들 쳐다보니 낭랑이
강무교의 어깨 뒤쪽에 서서 뒷짐을 지고 헤실헤실 웃으며 서
있었다.

"누구냐?"

"경혼조원입니다."

마누라가 예쁘면 처갓집 말뚝 보고도 절을 한다고 했다. 강
무교는 진검룡을 좋아하기 때문에 경혼조원이라면 일단 무조
건 후한 점수를 준다.

"그래, 뭐가 빠진 것 같다는 게냐?"

낭랑은 뒷짐 지고 있던 손을 앞으로 내밀었다. 그녀의 가느
다랗고 뽀얀 손에는 술병이 하나 쥐어져 있었다.

"술이요."

그녀가 술병을 흔들자 찰랑찰랑 하는 술 농익은 소리가 모
두의 귀에 들렸다.

흑룡당주와 황룡당주의 눈이 반짝였고 입안에 침이 고인
듯 입맛을 다셨다. 이 둘은 진원분타에서도 알아주는 술고래
들이다.

강무교는 낭랑을 보며 빙그레 미소 지었다.

"성의는 고맙지만 모두들 술을 마시고 싶을 텐데 우리만

마실 수는 없다."

황룡당주와 흑룡당주의 얼굴에 아쉬움이 서렸다.

낭랑은 의미심장한 미소를 지었다.

"그럼 모두들 함께 마시면 되는 거죠?"

강무교는 어? 하는 표정을 지었다.

"그게 무슨 말인가?"

"우리 조장께서 약간의 술을 준비하셨어요."

강무교가 놀란 듯 진검룡을 쳐다보았다.

흑룡당주가 참지 못하고 불쑥 물었다.

"어, 얼마나?"

낭랑은 손가락 다섯 개를 펼쳐 보였다.

"조금, 오백 근 정도."

"오… 오… 오백 근이나!"

흑룡, 황룡당주는 물론이고 강무교마저도 크게 놀란 표정
을 지었다.

여북하면 진원분타에서 냉혈한으로 소문난 비룡당주조차
도 놀라서 표정이 변했다.

강무교는 진검룡을 보면서 눈을 크게 떴다. 정말이냐고 묻
는 것이다.

그런데 이번에도 주소영이 냉큼 대답했다.

"한바탕 전투 후에 마시는 술맛이야말로 최고죠."

그때 낭랑이 진원무사 모두를 향해 우뚝 서서 큰 소리로 외

쳤다.

"자! 모두들 여길 주목하라! 분타주께서 발표할 말씀이 있다고 하신다!"

즐겁게 담소를 나누며 식사를 하던 진원무사들이 일제히 낭랑을 쳐다보았다.

"허어……."

강무교는 가볍게 실소를 흘렸다. 낭랑이 멍석까지 깔아주었으니 그는 그저 일어나서 한마디만 하면 된다.

그가 일어서자 낭랑이 얼른 그의 손에 술병을 쥐어주었다.

강무교는 오늘 매우 흡족했다. 진검룡을 만나게 돼서 기분이 좋았고, 따뜻한 밥에 술까지 곁들이니 이보다 더 좋을 수가 없다. 거기에 낭랑이 착착 알아서 돗자리까지 펴주지 않는가.

그는 진원무사들을 한차례 둘러보고 나서 우렁찬 목소리로 말문을 열었다.

"진원무사들이여! 오늘 밤의 이 성찬(盛饌)은 경혼조장의 배려임을 잊지 마라!"

진검룡은 내심 씁쓸한 미소를 지었다. 그러나 강무교의 말에 그냥 앉아 있을 수가 없어서 일어나 그의 옆에 섰다.

그러자 진원무사 백팔구십여 명이 일제히 일어났다. 부상자들까지 일어나 진검룡을 향해 일제히 허리를 굽히며 우렁차게 외쳤다.

"감사하오!"

진검룡과 함께 식사를 하고 있던 비룡, 황룡, 흑룡당주도 허리를 굽혀 예를 취하며 똑같이 외쳤다.

진원무사 모두에게 이것은 그저 밥 한 끼가 아닌 것이다. 일 년여 만에 처음 느껴보는 위로고 인간다운 대접이었다.

강무교는 술병을 높이 쳐들고 말을 이었다.

"그리고 이것은 술이다! 경혼조장이 내는 술이다! 얼마든지 있으니 오늘 밤은 마음껏 마셔라!"

그러나 아무도 입을 열지 않고 괴괴한 적막이 흘렀다. 강무교의 말이 실감나지 않았기 때문이다.

모두의 시선이 강무교가 높이 쳐든 술병으로 집중됐다. 그러더니 다음 순간 우레 같은 함성이 터져 나왔다.

"와아아―!"

"우와아아―! 경혼조장 최고다―!"

경혼조원들은 진원무사들에게 아예 술독째로 날라다 주었다.

진원무사들은 생일상을 받았던 기분에서 잔칫상을 받은 기분으로 한층 고조되었다.

한밤중에 때아니게 호숫가 맨 끝 천막 앞에서 함성이 터지자 다른 천막의 무사들이 놀라서 나왔다가 기웃거리면서 다가왔다.

오늘 밤에 귀환한 분타는 진원분타와 운남성 서북 지역의 봉의분타(鳳儀分陀)뿐이다.

봉의분타는 진원분타와 비슷한 규모이고 지역의 세력권도 엇비슷했다.

하지만 사황벌 징강지부와의 싸움에 이백여 명을 이끌고 왔다가 지금은 팔십여 명만 남아 있는 형편이었다. 진원분타 가 육십여 명을 희생한 것에 비하면 지나치게 많은 희생을 치 른 셈이다.

강무교는 기웃거리면서 군침을 흘리고 있는 봉의분타 무 사들도 불러들였고, 다른 천막에 서너 명씩 남아 있는 자들도 모두 불러서 함께 먹고 마시도록 했다.

술 오백 근을 진원무사들만 마실 경우 한 사람당 약 두 근 반씩 돌아가지만, 봉의분타와 다른 사람들까지 마시면 절반 으로 줄어든다.

그래도 진원무사 중에서 강무교의 결정에 불평하는 사람 은 아무도 없었다.

평소 진원무사들은 강무교를 진심으로 존경하고 또 신뢰 하기 때문이었다.

사황벌 징강지부와의 싸움에 참가한 천의맹 곤명지부 휘 하 여덟 개 분타는 지금까지 경쟁을 하면서 공(功)을 다투는 처지라서 물과 기름처럼 서로 어울리지 못했었다.

그러므로 강무교가 봉의분타 무사들을 모두 불러서 함께 술을 마시자고 한 것은 가히 작은 혁명(革命)이라고도 할 수 있는 일이었다.

봉의분타주는 몇 명의 당주를 이끌고 강무교 쪽으로 와서 한동안 인사치레를 하고 나서 자신의 수하들이 있는 곳으로 가서 함께 어울렸다.

"좋군."

이미 십여 잔의 술을 마신 강무교는 흐뭇한 미소를 지으며 진원무사들을 천천히 돌아보았다. 그는 좋다, 라는 말만 연발하고 있었다.

그는 미소를 지우지 않은 채 진검룡을 쳐다보았다.

"자네, 어떻게 했기에 훈용강을 수하로 거두었나?"

웃으면서 하는 말이지만 듣기에 따라서는 진지한 질문일 수도 있었다.

훈용강은 자신이 경혼조원이 된 직후에 강무교에게 그 사실을 서찰로 써서 보냈기 때문에 이곳에서도 알 만한 사람들은 다 알고 있었다.

강무교의 말에 세 명의 당주가 일제히 손을 멈추고 진검룡을 주시했다.

그때 진검룡 옆에 찰싹 붙어 앉아서 그의 잔에 술을 따르던 주소영이 힐끗 그의 표정을 살폈다.

지금 상황을 귀찮아하는 진검룡의 기색을 간파한 그녀는 이 일을 자신이 처리해야 할 것이라 생각하고 갑자기 벌떡 일어나서 경혼조원들이 있는 쪽을 보며 손끝을 까딱거리며 소리쳤다.

"용강아! 이리 와라!"

마치 자기 집의 개를 부르는 듯한 말투고 손짓이다.

순간 강무교와 세 당주의 안색이 확 변했다. 적룡당주 훈용강은 부조장 따위가, 더구나 귀때기 새파란 계집아이가 함부로 손가락질해서 부를 수 있는 인물이 아니기 때문이다.

그래서 필시 훈용강이 주소영을 가만두지 않을 것이라고 예상했다.

그런데 모두들 놀라자빠질 이변이 일어났다. 저 멀리에 있던 훈용강이 그 자리에서 벌떡 일어나 주소영을 향해 부동자세로 힘차게 대답한 것이다.

"넵! 부조장님!"

그러더니 꽁무니에 불이 붙은 것처럼 전력을 다해서 달려와 주소영 옆에 꼿꼿하게 우뚝 섰다.

"부르셨습니까?"

강무교와 세 당주의 얼굴에 불신의 빛이 가득 떠올랐다. 그들은 지금 보고 있는 훈용강이 자신들이 익히 알고 있는 훈용강이 아니라 다른 사람일 것이라는 생각마저 들었다.

주소영은 강무교와 세 당주의 반응이 재미있다는 듯 취기오른 발그레한 얼굴로 고개를 까딱거렸다.

"분타주께서 네가 무엇 때문에 경혼조원이 됐느냐고 물으시니까 너는 여기 앉아서 제대로 대답해라."

훈용강은 즉시 주소영 옆에 착! 소리가 나도록 무릎을 꿇고
앉았다.

"편하게 앉아라."

주소영의 말에 훈용강은 재빨리 책상다리로 바꿔 앉았다.

그의 그런 행동들은 강무교와 세 당주로서는 전혀 예상조
차 못했던 일이다.

훈용강을 포함한 이들 다섯 명은 비슷한 연배고 예전부터
의기 상통해서 각별하게 지냈었다.

분타주인 강무교에겐 감히 그럴 수가 없어서 삼갔지만, 훈
용강과 세 당주끼리는 너니 내니 하면서 허물없이 친구로 지
냈었다.

훈용강이 남달리 올곧고 강직한 성격이라는 것은 잘 알고
있었으나, 명색이 당주인 그가 향주도 아니고 일개 조장의 수
하를 자청하여 하루아침에 전혀 다른 사람처럼 변해 버렸으
니 강무교나 세 당주의 놀라움은 이루 말할 수 없을 정도였
다.

그때 진검룡은 훈용강의 표정이 매우 경직된 것을 보고 그
가 섣부른 말을 할 것이라는 생각이 들었다.

자신이 경혼조원이 된 경위를 낱낱이 곧이곧대로 얘기할
것이라는 뜻이다.

그는 비록 솔직한 자신의 심정을 덤덤하게 밝히는 것이겠
지만, 그의 말을 듣게 될 강무교나 세 당주는 훈용강처럼 덤

덮하지는 못할 것이다.

그래서는 진검룡에게 이로울 것이 없다. 그는 그저 조용히 지내고 싶을 뿐이다.

결국 진검룡은 적절하지 못한 방법을 사용할 수밖에 없게 되었다.

[용강, 괜한 분란을 일으키지 마라.]

순간 훈용강은 움찔 놀라며 급히 진검룡을 쳐다보았다. 방금 그가 들은 말은 귀로 흘러들어 와 고막을 울린 것이 아니라 머릿속을 은은하게 울렸기 때문이다.

'전음입밀!'

물론 훈용강은 전음입밀 수법을 사용할 줄 모른다. 내공이 약하기 때문이다.

이들 중에서 진검룡을 제외하고 가장 강한 강무교조차도 전음입밀을 할 줄 모른다.

하지만 진검룡이 사용한 수법은 전음입밀이 아니라 그보다 훨씬 높은 수준의 공심전어(功心傳語)라는 수법으로 불가의 혜광심어(慧光心語)와 비슷하다.

훈용강이 갑자기 움찔 놀란 표정으로 진검룡을 쳐다보자 강무교와 세 당주는 의아한 표정을 지었다.

그러나 훈용강은 곧 정신을 수습했다. 어디 진검룡 때문에 놀라는 것이 한두 번이었던가. 그는 비록 짧은 시간이지만 진검룡의 말뜻을 충분히 이해했다.

이윽고 그는 강무교를 주시하며 조용한 어조로 입을 열었
다.

"경혼조장님을 존경하고 있습니다. 그래서 경혼조장님의
수하가 되고 싶었습니다. 그뿐입니다."

그로서는 자신이 하고 싶은 말을 백분지 일로 축소시킨 표
현이었다. 또한 그렇게밖에는 진검룡을 달리 설명할 방법이
없었다.

그러나 '존경'이라는 말은 강무교도 훈용강에게 들어본
적이 없었다.

좌중에 잠시 침묵이 흘렀다. 네 사람은 처음에 모두 놀랐다
가, 이윽고 강무교는 빙그레 엷은 미소를 짓는데, 세 당주는
여전히 놀라움을 삭이지 못하고 있었다.

"그런가? 과연 자넨 사람 보는 눈이 있군."

강무교는 손으로 훈용강의 어깨를 두드리며 격려했다.

"감사합니다, 분타주."

훈용강은 깊이 고개를 숙였다. 감사한 마음과 죄송한 마음
이 섞인 행동이었다.

그러나 강무교가 아주 잠깐 동안 쓸쓸한 눈빛이었던 것을
발견한 사람은 진검룡과 비룡당주 두 사람뿐이었다.

第三十九章

욕정(欲情)

大中原

진원분타 천막 안에서 자는 사람은 부상자들뿐이었다.

진원무사들은 다들 모닥불 가에서 먹고 마시다가 그대로 잠이 들었다.

시각은 자정이 훨씬 넘어서 축시(새벽 2시)가 돼가고 있었다.

술이 취해서 한껏 기분이 고조되었던 강무교와 세 당주는 조금 전에 그 자리에 누워 잠이 들었다.

그들보다도 일찍 주소영은 진검룡의 무릎을 베고 쌔근쌔근 잠이 든 상태다.

깨어 있는 사람은 진검룡과 약간 떨어진 곳에 꼿꼿하게 앉아 있는 훈용강뿐이었다.

아니, 진원무사 두어 명이 십여 개의 모닥불이 꺼지지 않도록 이리저리 돌아다니면서 모닥불에 나뭇조각을 던져 넣고 있는 모습이 보였다.

문득 천천히 주위를 둘러보던 진검룡의 시선이 한곳에서 멈추었다.

진원무사들이 잠들어 있는 곳에서 뚝 떨어진 곳 저만치에 옥청이 혼자 외롭게 서 있는 모습이 보였다. 순간 그는 한동안 옥청을 잊고 있었다는 사실을 깨달았다.

사시사철 봄 날씨 같아서 춘성(春城)이라고 불리는 곤명성도 밤이 되면 매우 쌀쌀해진다.

그리 두텁지 않은 옷을 입은 옥청은 추운지 두 팔로 어깨를 꼭 끌어안은 채 옹송그리며 호수를 바라보면서 서 있는데, 호수에서 불어오는 세찬 바람에 긴 치맛자락이 마구 펄럭이고 있었다.

그녀가 모닥불 근처에 오지도 못하고 내내 저렇게 서 있었을 것이라고 짐작한 진검룡은 미안한 마음이 들었다.

"용강, 소영을 데려가라."

진검룡의 말에 훈용강이 조심스럽게 주소영을 두 팔로 안아 들었다.

"음… 사부님… 검법 너무 어려워요……."

몹시 취한 주소영은 훈용강의 품속으로 파고들면서 잠꼬

대를 했다.

진검룡은 옥청에게 걸어가는 도중에 무악을 찾아보았다. 무악은 어느 모닥불 가에서 경혼조원들과 더불어 자고 있었는데, 미미와 서로 꼭 끌어안고 있었다.

미미는 옥청을 어머니라고 부르며 무악하고는 꼭 친남매처럼 다정하게 지냈다.

무악과 미미는 간밤에 진원무사들과 어울려 생전 처음 진한 동료애라는 것을 느끼며 평소보다 과음을 했다.

아마 아침에 일어나면 생애 최초의 동료애보다도 지독한 생애 최초의 숙취에 시달리게 될 터이다.

진검룡이 일부러 약간 기척을 내며 뒤로 다가가자 옥청이 깜짝 놀라며 뒤돌아보았다.

"아… 나리."

"미안하오."

옥청은 추워서 입술이 새파래진 모습으로 사붓이 미소 지어 보였다.

"아니에요. 모두들 즐거워하는 모습을 보니까 좋았어요."

그녀는 곤명성으로 오기 전날 험한 꼴을 당하기 직전에 나타나서 극적으로 자신을 구해주었던 진검룡에게 '검룡'이라던가 혹은 '당신'이라고 불렀었는데 지금은 다시 평소의 호칭인 '나리'라고 부르고 있었다.

"피곤하지 않소?"

"조금⋯⋯."

진검룡이 겉옷을 벗어 자연스럽게 걸쳐 주자 옥청은 배시시 미소 지었다.

"어디 잘 만한 곳을 찾아봅시다."

진검룡 자신이야 아무 데서나 몸을 눕히고 눈을 붙이면 그만이지만, 이곳에는 옥청이 잘 만한 곳이 없었다.

"이 시간에 어디에서⋯ 아!"

말을 하던 그녀가 깜짝 놀랄 때 그녀는 이미 진검룡의 품에 안겨 있었다.

진검룡이 두 팔로 그녀의 겨드랑이 아래와 허벅치를 안고 가뿐하게 들어 올린 것이다.

몸이 기우뚱하자 옥청은 급히 두 팔로 진검룡의 목을 끌어안았다.

휘이―

어느새 진검룡은 한줄기 바람이 되어 곤명성 쪽을 향해서 호숫가를 질주하고 있었다.

옥청은 자신이 마치 한 마리 새가 된 듯한 기분이 들었다.

남자가 여자를 안았을 때 무거워하면 여자는 미안함밖에 못 느끼지만, 반대로 새털처럼 가볍게 안으면 많은 것을 느낄 수가 있다.

그중에 최고가 바로 행복감이다. 더구나 그 남자가 사랑하는 사람이라면 행복감은 최고조에 달한다. 지금 옥청이 바로 그랬다.

비록 본의는 아니지만, 사랑하는 사내의 손이 허벅지를 받쳐 들고 또 다른 손은 겨드랑이 아래로 젖가슴을 반쯤 감싸고 있으니, 옥청은 행복한 중에도 부끄럽고 그러면서도 짜릿한 쾌감을 맛보았다.

"저……"

진검룡의 왼쪽 어깨에 뺨을 댄 채 혼곤한 표정을 짓고 있는 옥청은 그의 강팍한 옆얼굴을 꿈꾸듯이 바라보며 붉은 꽃잎 같은 입술을 열었다.

"제가 진원분타의 주방 일을 해볼까 하는데 나리께선 어떻게 생각하세요?"

진검룡이 오늘 요리를 진두지휘하게 했으니까 그가 반대할 이유가 없다고 생각했다. 또한 다들 그녀의 요리를 먹으면서 얼마나 기뻐했었는가.

"하지 마시오."

"네……?"

옥청은 그의 어깨에서 뺨을 떼고 고개를 곧추세우며 놀란 얼굴로 그를 바라보았다.

진검룡은 호숫가를 벗어나 곤명성 내로 쏘아가며 예의 무심한 얼굴로 말했다.

"여자가 거친 사내들 속에서 부대끼는 것은 좋지 않소."

"아……"

진검룡은 옥청을 염려해서 하지 말라고 말했던 것이다. 그것은 마치 남편이 아내를 뭇 사내들 앞에 내놓지 않으려는 것이나 다름없다고 그녀는 생각했다.

옥청은 조금 전보다 훨씬 더 행복해져서 얼굴을 사르르 붉히며 그의 목을 감은 팔에 힘을 주며 다시 어깨에 뺨을 포근하게 묻었다.

그런데 의식적이었는지 무의식적이었는지 그녀의 입술이 진검룡의 뺨에 닿았다.

그녀는 그대로 가만히 있었다. 입술이 불덩어리에 닿은 듯 화끈거렸으며 온몸이 찌릿찌릿했다.

진검룡은 아무것도 모르는 듯 계속 달리고만 있었다.

문득 옥청은 천둥번개가 무섭게 몰아치던 그날 밤이 생각났다. 그때 진검룡은 옥청을 겁탈하려던 숭검문의 사내를 단숨에 목을 비틀어서 죽여 버렸다.

그는 시체를 들고 나가서 한참 만에 돌아왔는데, 그때까지도 옥청은 옷을 입지 않은 상태로 혼자 이불 속에서 오들오들 떨고만 있었다.

그녀는 너무 무서워서 새우처럼 잔뜩 웅크린 몸이 펴지지 않았다.

진검룡은 오랜 시간 동안 조심스럽게 정성껏 그녀에게 옷을 입혀주었다.

그리고는 가지 말라고, 오늘 밤은 곁에 있어달라고 눈물을 흘리면서 애원하는 그녀를 뿌리치지 못했다.

그는 이불 속에서 똑바로 누워서 잤고, 옥청은 그를 꼭 끌어안은 채 밤을 지새웠었다.

그것뿐 아무 일도 없었다.

하지만 옥청은 자신이 도대체 무슨 정신으로 진검룡 품에 안겨서 잤던 것인지, 그 일만 생각하면 쥐구멍에라도 들어가고 싶은 마음이 굴뚝같았다.

그런데 어인 일인지 지금은 그때의 일이 생각나서 가슴이 콩닥거리고 설레서 어쩔 줄을 모르겠다.

어디에서 용기가 생겼는지 옥청은 마치 몸이 흔들려서 그러는 것처럼 입술을 진검룡의 뺨에 조심스럽게 아주 조금씩 비볐다.

'아……'

진검룡의 체취가 코와 입술로 고스란히 느껴졌다. 그리고는 마치 온몸이 뜨거운 불에 닿은 초처럼 흐물흐물 녹아버리는 것만 같았다.

꿈속을 둥둥 떠다니는 것처럼 정신이 몽롱했다. 이런 느낌은 생전 단 한 번도 느껴본 적이 없었다.

그런데도 매우 친숙했으며 이대로 죽어도 좋다는 생각마저 들 정도였다.

"춥소?"

"……!"

그때 진검룡이 정면을 주시한 채 달리면서 조용히 묻자 옥청은 정신이 번쩍 들었다.

그녀의 입술은 여전히 진검룡의 뺨에 닿아 있었다. 그뿐만이 아니라 그녀는 두 팔로 그의 목을 끌어안은 채 온몸으로 그의 품속을 파고들고 있었다.

그녀는 그것이 무엇을 뜻하는지 깨달았다. 그녀는 진검룡을 원하고 있었던 것이다.

몸이 그를 너무도 간절하게 원하는 터에 그만 잠시 동안 정신을 놓아버렸던 것이다.

'이런 추잡한……'

순간 그녀의 가슴이 싸늘하게 식었다. 십칠 년 동안의 독수공방이 아무리 무서리처럼 소름 끼치는 것이었다고 해도 이럴 수는 없는 일이다.

사실 그녀는 사내를 모른다. 십육 세 새파랗게 어린 나이에 남편을 만나서 몸을 허락하고는 아이까지 낳고 살았으나 워낙 어린 나이였기 때문에 사내를, 아니, 정사의 깊은 묘미를 추호도 몰랐었다.

그러다가 남편이 덜컥 전쟁터에서 죽었다. 그때 그녀는 겨우 십팔 세였다.

사내를 제대로 알지도 못한 상태에서 남편을 잃었고, 그렇게 사내 없이 십칠 년을 살아오는 동안 소녀는 여인으로 변했으며 배운 적도 없는데 몸이 사내를 그리워하게 되었다.

여러 남자를 접해봤더라면, 아니, 최소한 남편하고서라도 온몸이 녹는 운우지정을 누려본 적이 있기라도 했으면, 여자가 마음에 꼭 드는 사내를 만났을 때 어떻게 처신해야 하는 것쯤은 사려 깊게 헤아릴 수 있었을 것이다.

그러나 옥청은 아무것도 모른다. 그저 세월이 흘러서 육체가 무르익었을 뿐이다. 그리고 진검룡의 품에 안겨 깜빡 정신을 놓아버린 사이에 그녀의 육체가 진검룡의 육체를 탐닉하고 있었던 것이다.

그녀는 스스로를 절대 용서할 수 없었다.

진검룡이 영업이 끝난 객잔의 문을 두드려 객방 하나를 빌려서 그녀를 투숙하게 하고 돌아갈 때까지도, 그녀는 굳은 표정을 풀지 못했으며 한마디도 말하지 않았다.

아침 일찍 강무교는 비룡당주 한 명만 데리고 곤명지부에 다녀왔다.

곤명지부주 고후는 간밤에 술이 과했던 탓에 이불 속에서 나오지 못했다.

강무교는 고후의 방 밖의 접견실에서 한 시진 반을 기다렸다가 끝내 고후를 만나지 못하고 진원분타 천막으로 돌아와야만 했다.

그는 기분이 몹시 나빠져서 돌아왔다.

곤명지부와 징강지부의 싸움을 전쟁으로 치자면 고후는

대장군(大將軍)에 해당하는 지위라고 할 수 있다.

전쟁이 벌어졌는데 휘하 장수들만 불러들여서 그들에게 전쟁을 송두리째 맡겨놓은 채 대장군은 전쟁터에 한 번도 코빼기조차 내비치지 않았다.

백 번 양보해서 그것까지는 그럴 수도 있다고 치자. 그렇다면 최소한 대장군의 아우들이라도 전선에 나와서 군사들을 독려하고 진두지휘를 해야 하지 않겠는가.

그런데 대장군 오 형제 중에서 셋째 삼장군(三將軍) 고명 혼자만 고군분투하고 네 명의 형제는 전쟁을 기회로 삼아 자신들의 잇속 챙기기에만 급급한 실정이다.

삼장군, 아니, 고명을 제외하면 정말 어떻게 저럴 수 있을까 싶을 정도로 사 형제의 만행은 극심했다.

만약 고명이 아니었다면 곤명지부 휘하 여덟 개 분타는 반란이라도 일으켰을 것이다.

소위 천의운남팔분타(天義雲南八分陀)로 통칭되는 여덟 개 분타는 지난 일 년여 동안 지옥처럼 열악한 상황에서도 오로지 고명 한 사람만 보고 울화를 꾹꾹 눌러 참아왔었다.

그러나 그것도 이제는 한계에 이른 듯하다. 지금쯤 어느 분타가 자신들의 고향으로 회군을 한다고 해도 추호도 이상할 것이 없는 상황이었다.

강무교는 그래도 한 시진 반이나 기다려서 고후를 만나지 못한 것까지는 참을 수 있었다.

그러나 고후의 방에서 요염한 여자의 웃음소리와 어딜 어떻게 만졌는지 숨이 넘어갈 듯한 교성이 터져 나왔을 때에는 피가 머리꼭대기에 몰려서 더 이상 견딜 수가 없어 자리를 박차고 나와 버리고 말았다.

곤명지부에서 돌아온 강무교는 비룡, 황룡, 흑룡 세 명의 당주와 함께 진원분타 천막 앞쪽 길에서 뚝 떨어진 풀밭에 둘러앉았다.

머리를 맞대고 어떻게 하든 지금의 난국을 타개해 보려고 궁리를 하는 것이다.

강무교는 고후에게 싸움에서 돌아온 보고도 하고, 진원분타가 처한 참담한 상황을 설명하여 조금이라도 도움을 받으려고 했으나 아예 고후를 만나지도 못하고 돌아왔다. 그러니 세 당주에게 할 말이 없었다.

멀리에서 봐도 네 사람의 얼굴이 돌덩이처럼 굳어 있으며, 오랜 시간이 지나도 말을 하는 사람이 없다는 것을 쉽게 알수가 있었다.

그럴 수밖에 없다. 해결해야 할 일은 산더미인데, 방법이 전무하기 때문이다.

그들이 할 수 있는 선택은 단 두 가지다. 싸움을 접고 진원분타로 돌아가느냐, 아니면 지금처럼 한숨만 푹푹 쉬면서 거지꼴로 만신창이가 될 때까지 싸우느냐는 것이다. 아니, 이미 만신창이가 된 상태다.

이 상황에서 더 어떤 최악의 상황으로 전락할지는 아무도 모른다. 이들 중에 누구도 그런 상황을 겪어본 적이 없기 때문이다.

그러나 둘 다 불가(不可)하다. 진원분타로 돌아가면 천의맹에 대한 명령 불복종이 된다.

그것은 징계를 떠나서 천의맹 진원분타의 지위를 고스란히 반납하는 것을 뜻한다. 어떻게 여기까지 왔는데 이제 와서 그럴 수는 없는 일이다.

그렇다고 당장 오늘 끼니를 걱정하고, 싸움에 나갈 무기가 없는 것을 걱정해야만 하는 상황에서 언제까지 버틸 수 있을지 그 또한 막막하기만 하다.

진검룡은 천막 옆에 우뚝 서서 오랫동안 강무교 일행을 지켜보고 있었다.

그는 강무교가 혼자 있게 되기를 기다렸으나 좀처럼 기회가 오지 않자 이윽고 훈용강을 그에게 보냈다.

강무교 쪽으로 걸어가는 훈용강의 뒷모습을 쳐다보다가 진검룡은 문득 곤명성 쪽으로 시선을 돌렸다.

사시(오전 10시)가 돼가고 있는데 옥청이 아직 오지 않고 있어서 무슨 일이 있나 조금 신경이 쓰였다.

하지만 그는 곧 가볍게 고개를 가로저었다. 그녀가 이곳에 와서 할 일은 없다.

식사 준비는 어젯밤 한 번으로 족하다. 차라리 그녀가 유유자적 성내나 구경하면서 즐겁게 보냈으면 좋겠다는 생각이 들었다.

"저기 와요."

그때 옆에 서 있던 고선이 조용히 속삭였다.

진검룡이 쳐다보니까 훈용강이 이쪽으로 오고 있고 그 뒤를 강무교가 따라오고 있는 모습이 보였다.

강무교는 아무렇지도 않은 표정인데, 그 뒤쪽에 서 있는 세 명의 당주는 몹시 굳은 표정이다.

그럴 만도 하다. 감히 조장이 분타주를 오라고 했으니 말이다. 진원분타 내에서 진검룡이 욱일승천하고 있으나 일개 조장은 조장인 것이다.

"여어. 진 조장, 잘 잤나?"

강무교가 반갑게 손을 들며 명랑한 목소리로 인사를 건넸다. 여러 가지 걱정으로 속이 시커멓게 썩고 있을 텐데도 전혀 내색하지 않았다.

진검룡은 가볍게 고개를 끄덕여 대답을 대신하고 뒤돌아서 천막 뒤로 걸어갔다. 따라오라는 뜻이다.

강무교는 정말 사람이 좋다. 다른 사람 같았으면 진검룡의 시건방진 태도에 벌써 불호령이 떨어졌을 것이다.

그러나 강무교는 사람을 지위나 재물 따위로 보지 않고 사람 그 자체로 본다.

그리고 그는 한 번 믿은 사람은 자신을 배신하지 않는 한 끝까지 믿는다.

천막 뒤쪽 드넓은 초지를 걸어가던 진검룡이 걸음을 멈추고 돌아서자 좌우에 훈용강과 고선이 서고 맞은편에는 강무교가 멈춰 섰다.

"드릴 말씀이 있습니다."

그런데 진검룡은 가만히 있고 훈용강이 강무교에게 정중히 입을 열었다.

진검룡이 워낙 과묵한 사람이라는 것을 알고 있는 강무교는 그가 말을 하지 않는다고 해서 뭐라고 할 사람이 아니었다.

훈용강은 단도직입적으로 본론을 꺼냈다.

"한매선이 본 타의 빚 은자 팔십만 냥을 완전히 탕감해 주었습니다."

"……."

그러나 강무교의 표정은 별다른 변화가 없다. 훈용강의 말을 듣긴 했으나 그 뜻을 제대로 이해하지 못한 것이다. 너무 엄청난 일이었기 때문이다.

"뭐어? 다시 말해보게!"

그는 세 호흡쯤 지나서야 깜짝 놀라 소리쳤다.

"한매선이 본 타의 빚 은자 팔십만 냥을 완전히 탕감해 주었습니다."

훈용강은 방금 전하고 똑같이 대답해 주었다.

강무교의 눈이 커다랗게 떠졌다.

"정말이냐?"

"그렇습니다."

"이유가 뭐냐?"

"잘 모르겠습니다."

고선이 진검룡을 죽이라고 훈용강에게 사주했다가 실패했고, 진검룡에게 목이 조여서 죽음 직전에 똥오줌까지 싸면서 살려달라고 애원했던 일 등이 있었으나, 사실 훈용강은 그녀가 진원분타의 빚 은자 팔십만 냥이라는 엄청난 거액을 탕감해 준 진짜 이유에 대해서는 아는 바가 없었다.

"음! 그녀가 대체 무엇 때문에……."

강무교는 빚이 탕감됐다는 기쁨보다는 이유를 알지 못하는 답답함 때문에 이맛살을 잔뜩 좁히며 중얼거렸다.

"돈이라면 한 푼에도 벌벌 떠는 수전노인 한매선이 무슨 꿍꿍이가 없고는 그럴 리가 없다, 절대로."

"그럴 리 있거든요."

그때 보다 못한 고선이 뾰족한 목소리로 톡 끼어들었다.

강무교가 알고 있는 고선은 최고급의 비단으로 화려하게 몸을 칭칭 감고 온갖 진귀한 보석으로 한껏 치장한 일국의 공주 같은 모습뿐이었다.

그러니 진검룡 옆에 후줄근한 흑의경장을 입고 양쪽 어깨에 검과 도를 교차시켜서 엉성하게 메고 있는 고선을 알아봤을 리가 만무하다.

강무교는 고선을 보면서 고개를 갸웃거렸다. 본 것도 같고 아닌 것도 같은 얼굴이기 때문이다.

"넌 누구냐?"

"한매선입니다."

훈용강이 대신 대답했다.

"한매선?"

강무교는 입속으로 중얼거리다가 움찔 놀랐다.

"아니? 한매선 아니시오?"

그제야 고선을 알아본 것이다.

그는 새삼스럽게 고선의 아래위를 살펴보면서 놀라는 표정을 지었다.

"이게 무슨… 여긴 무슨 일로 오셨소?"

"나는 경혼조원이에요."

"경혼……."

오늘 강무교는 여러 차례 놀라고 있었다. 그는 고선의 말을 듣고서도 그 뜻을 이해하기 위해서 잠시의 시간이 필요했다.

"어떻게 된 일이오?"

"나는 조장님을 좋아해요. 그래서 경혼조원이 됐어요."

고선은 두 팔로 진검룡의 팔을 가슴에 안으며 방그레 미소지었다.

처음에 그녀는 진검룡이 염마왕보다 더 무서웠으나 이제
는 그를 정말로 좋아하게 되었다.

그렇다고 무서움이 깨끗이 사라진 것은 아니다. 그를 무서
워하면서도 좋아하는 것이다.

"강 분타주, 우리 잘 어울려요?"

고선은 진검룡에게 더 찰싹 달라붙으면서 풍만한 가슴으
로 그의 팔을 짓누르며 고혹적인 자태로 강무교에게 물었다.

그녀의 그런 행동은 도발이었다. 진검룡을 더 좋아하기 위
해서 무서움을 떨쳐 버리려는 도발, 그것이다.

강무교는 아직도 지금 상황을 제대로 이해하지 못하고 진
검룡을 쳐다보았다.

"진 조장."

진검룡은 고선이 하는 대로 내버려 두고 가볍게 고개를 끄
덕였다.

"고선은 경혼조원이오."

"경혼조원 제삼기예요."

"삼기?"

훈용강이 부동자세로 대답했다.

"경혼조에는 기수가 있습니다. 속하는 제오기입니다."

"허어……."

진검룡은 말이 쓸데없이 길어지는 것이 귀찮았다.

"고선."

그의 짤막한 부름에 고선은 즉시 그의 팔을 놓고 다소곳이
서서 강무교에게 말했다.

"진원분타의 빚 은자 팔십만 냥을 깨끗이 탕감해 줬으니까
그리 아세요."

"궁주……."

"그리고 이것을 받으세요."

고선은 품속에서 접은 종이 하나를 꺼내 가느다랗고 뽀얀
손으로 강무교에게 내밀었다.

그것은 그녀가 진검룡을 제압한 대가로 훈용강에게 주었
던 은자 오십만 냥짜리 전표다.

"뭐요?"

"경혼조원이 되는 가입비예요."

"가입비… 헛!"

강무교는 종이를 펼쳐서 보다가 순간 깜짝 놀라서 떨어뜨
리고 말았다.

그는 급히 주워서 종이의 내용을 다시 한 번 확인하고는 더
욱 놀랐다.

"이것은… 은자 오십만 냥짜리 전표가 아니오?"

"그래요."

"어째서 이것을 내게……."

"경혼조원 가입비라니까요."

"이게 무슨……."

강무교는 너무 놀라서 말을 잇지 못했다. 그는 생전 지금처럼 놀라본 적이 몇 차례 없었다.

　훈용강은 강무교가 이왕 놀라는 김에 한 가지를 더 말해줘서 수고를 덜어야겠다고 생각했다.

　"분타주."

　훈용강의 부름에 강무교는 정신이 반쯤 나간 얼굴로 그를 쳐다보았다.

　"동진광이 정상적으로 운영되기 시작했습니다."

　"동진광이 뭔가?"

　지금 정신이 없는 탓도 있지만, 워낙 수입이 없는 은광이라서 까맣게 잊고 있었던 곳이라서 강무교는 혼잣말처럼 되뇌었다.

　"갱부가 없어서 채광이 거의 중단됐던 은광 말입니다."

　"아… 거기가 왜?"

　"속하가 이곳으로 출발하기 닷새 전부터 정상적으로 운영을 시작했습니다."

　"뭐라고? 동진광이 말인가?"

　"그렇습니다."

　"어… 떻게 된 일인가?"

　강무교는 조금 전에 은자 오십만 냥짜리 전표를 확인했을 때보다 몇 배는 더 놀라고 있었다.

　"경혼조장님께서 소수민족 청년 이백 명을 모아서 동진광에서 일을 하도록 조치하셨습니다."

"소수민족……."

강무교는 이곳에서 싸움을 지휘하느라 바빠서 진원현의 일은 보고를 받는 것 외에는 거의 알지 못했다.

그러므로 소수민족 여자들이 납치되어 한매궁 뇌옥에 감금되어 있던 것을 진검룡이 구했다는 사실도 모르고 있었다.

진검룡은 동진광에 갱부가 없어서 거의 폐광되다시피 한 사실을 알고는 자신이 한매궁에서 구한 여자들이 속한 소수민족 다섯 개 부족을 찾아갔었다.

그래서 그들에게 동진광에서 일할 만한 튼튼한 남자들이 없는지 알아보았다.

그 결과 다섯 부족 모두 청년들이 남아도는 것을 알게 되었다. 그들은 각자의 부족에서 농사나 목축 따위를 하고 있으며 그것이 그들의 주 수입원이었다.

진검룡이 다섯 부족의 족장들에게 청년들이 동진광에서 일하면 매월 녹봉으로 은자 석 냥씩을 지급하겠다고 말하자 족장들은 앞다투어 청년들을 모아주었다.

소수민족 사람들은 한인들이 사는 곳에서 일자리를 찾기 어려울뿐더러, 바늘구멍 같은 일자리를 얻어도 한인에 비해 녹봉이 형편없이 박해서 평균 매월 녹봉으로 구리돈 열 냥 정도를 받는 것이 고작이었다.

그런데 매월 은자 석 냥이면 그보다 여섯 배나 더 큰 액수

이니 소수민족으로서는 쌍수를 들고 환영할 일이었다.

그렇게 해서 다섯 개 소수민족에서 건장한 청년들 이백여 명을 선발하여 동진광에서 일하게 했으며, 경혼조가 출발하기 전에는 동진광이 예전처럼 제대로 돌아가고 있었다.

"어떻게 그런 일을……."

강무교는 믿어지지 않는다는 표정으로 진검룡을 쳐다보았다.

진원현에서는 소수민족들에게 영향력을 미치는 사람이 한 명도 없었다.

동진광에 청년을 한두 명도 아니고 이백여 명씩이나 보내는 것은 강제로 해서 될 일이 아니었다.

소수민족이 자발적으로, 그리고 적극적으로 나서지 않으면 꿈도 꾸지 못할 일이다. 그렇기 때문에 강무교가 그 사실을 쉽게 믿지 못하는 것이다.

이번에도 훈용강이 대신 대답했다.

"조장님께선 소수민족들에게 신망이 두터우십니다."

그의 표정이나 말에서는 진검룡에 대한 존경심이 뚝뚝 묻어났다.

그러나 강무교는 지금만큼은 훈용강의 말에 섭섭한 표정을 짓지 않았다.

"동진광 일은 창룡당주에게 맡기고 왔으니까 걱정하지 않으셔도 됩니다. 동진광에서 원래의 수입이 나오게 되면 본 타는 제대로 돌아갈 것입니다."

"아아……."

강무교는 꿈을 꾸는 듯한 표정을 지었다. 이런 일이 어떻게 현실에서 가능하단 말인가.

조금 전까지 머리가 깨지도록 고민하던 것들이 한순간에 다 해결돼 버렸다.

오죽했으면 그는 진원분타를 봉문(封門:문을 닫다)하는 것조차도 심각하게 고려했을 정도였다.

"진 조장……."

진검룡 앞에 선 강무교는 감격에 겨운 표정으로 그를 바라보며 목이 메어 말을 잇지 못했다.

"대체 자네는……."

또한 그는 무슨 말을 어떻게 해야지만 지금 자신의 심정을 백분지 일이라도 표현할 수 있을지 알지 못했다.

고선과 훈용강은 흐뭇한 표정으로 그 광경을 바라보았다. 두 사람은 강무교하고는 또 다른 심정으로 진검룡에게 흠뻑 매료되었다.

"분타주, 할 말이 있소."

문득 진검룡이 나직이 입을 열었다.

"뭔가? 무엇이든 말해보게."

진검룡은 진원분타의 너덜너덜한 천막을 가리켰다.

"저거 좀 개선해야 하지 않겠소?"

강무교는 감회 어린 표정을 지으며 천막을 쳐다보았다. 물론 진원분타의 고질적인 자금난이 한꺼번에 해결되었으니 진원무사들의 처우를 개선하는 것은 제일 먼저 처리할 것이다.

하지만 그는 지금 자신이 느끼고 있는 엄청난 심적인 부담을 덜어주려고 진검룡이 일부러 말을 우회적으로 돌렸다는 사실을 깨달았다.

강무교는 진검룡의 손을 힘주어 잡고 더없이 진지하고도 고마운 표정으로 말했다.

"자네가 나를, 아니, 진원분타를 살렸네. 정말 고맙네."

강무교는 진검룡 같은 인물을 자신에게 보내준 천의맹에, 아니, 하늘에 감사했다.

第四十章

싸움터로

大中原

전지에서 흘러나가는 당랑천의 하얀 백사장에서 경혼조원들이 구슬땀을 흘리면서 무술 수련에 열중하고 있었다.

진검룡이 지켜보는 가운데 경혼조원 열네 명은 백사장에 푹푹 빠지면서 이리저리 미친 듯이 달리며 전력으로 수중의 목검을 휘둘렀다.

그런데 열네 명은 한결같이 양손에 목검을 한 자루씩, 즉 두 자루를 쥔 채 휘두르고 있었다.

무기를 많이 지닐수록 유리하다는 것이 발도산검파의 특징이다.

대부분의 무림인들은 길든 짧든, 그리고 어떤 형태든 무기를 하나만 사용하고 있다.

그러면 한 번의 동작에 오직 한 명만을 상대할 수밖에 없다.

그리고 여러 명의 적이 여러 방향에서 공격을 해오면 속수무책으로 당해야만 한다.

만약 무기를 오른손에만 쥐고 있다면 왼손과 두 다리는 놀게 된다.

오른손만큼은 아니지만 왼손과 두 다리도 오른손의 절반 정도의 역할은 해낼 수가 있다.

그리고 만약 반복적인 훈련을 거듭한다면 왼손과 두 다리도 오른손만큼 마음먹은 대로 사용할 수 있게 된다.

발도산검파는 그것을 최대화시키는 박투술이다. 그리고 다수의 적을 상대로 싸울 때 무엇보다도 제 위력을 발휘한다.

부상쾌는 뒤늦게 발도산검파를 배웠으나 곧 경혼조원 평균 이상의 실력을 발휘했다.

그녀는 상전에게 명령 불복종을 하는 것만큼이나 무술 실력도 뛰어났다.

발도산검파는 여러 가지 특징을 지니고 있다.

첫째, 익히기는 쉬운데 숙달시키는 것은 어렵다.

둘째, 무기가 적의 몸에 닿기만 하면 치명적이다. 반드시 중상을 입히거나 죽인다.

셋째, 그것을 창안한 사람이 동작 하나하나를 세심하게 가르쳐 주기 전에는 절대 남에게 가르칠 수도, 배울 수도 없다.

넷째, 한 명 이상만 되면 두 명이든 열 명이든 백 명이든 얼마든지, 그리고 언제든지 검진(劍陣)으로 펼칠 수 있다.

다섯째, 발도산검파를 익히는 데 끝이 없다. 즉, 단순한 초식에서 파생되는 변화가 무궁무진해서 익히면 익힐수록 강해지지만, 절대로 완성은 없다.

경혼조 열네 명의 현재 수준을 보면 역시 훈용강이 제일 고강했다.

그는 사도풍과 중혜, 부상쾌를 제외한 경혼조원 전원과 싸워도 백 초식 안에 이길 수 있을 정도였다.

두 번째로 강한 사람은 사도풍과 중혜다. 그들은 한매선 고선의 최측근 호위무사였던 만큼 실력도 출중했다.

세 번째로 강한 사람은 낭랑과 부상쾌인데, 둘의 실력은 우열을 가릴 수 없을 만큼 막상막하다. 그 둘이 덤비면 사도풍을 제압할 수 있을 정도다.

네 번째는 주소영이다. 부상쾌와 낭랑에 비해서는 조금 열세고 나머지 다른 조원들보다는 한 수 위의 수준이다.

그다음이 와평, 장관웅, 동풍, 조제, 도록인데 이들의 실력은 도토리 키 재기 수준이다.

무악과 미미는 무술에 입문한 지 얼마 되지 않아서 약한 축에 들지만 실력이 나날이 일취월장하고 있었다.

현재의 무악과 미미는 두 사람이 합공을 한다고 해도 고선을 제외한 경혼조원 어느 누구에게도 십 초식 이상 버티지 못한다.

경혼조원 열네 명 중에서 가장 약한 사람은 당연히 고선일 수밖에 없다.

그녀는 몸도 허약할 뿐만 아니라 발도산검파를 익히는 진도마저도 가장 늦다. 하지만 열성만큼은 다른 열세 명을 압도하고도 남는다.

지금 진검룡은 경혼조원들에게 발도산검파로 전개할 수 있는 검진을 가르치고 있는 중이다.

하급 무사들의 싸움은 거의 다수를 상대로 하기 때문에 떼거리로 아무렇게나 중구난방 싸우는 것보다는 조직적으로 검진을 펼치는 것이 훨씬 유리하기 때문이다.

곤명지부 휘하 여덟 개 분타, 즉 천의운남팔분타는 한차례 싸우고 돌아오면 별일이 없는 한 닷새 동안 휴식을 취했다가 다시 싸우러 나가게 되어 있다.

진원분타는 나흘 후에 싸움을 하러 갈 것이다. 그때 경혼조도 함께 가게 된다.

싸움, 아니, 전쟁을 하기에는 경혼조원은 아직 많이 부족한 상태다.

한 달 정도 더 여유가 있었다면 지금보다는 세 배 이상 강해질 수 있을 텐데 그 점이 아쉬웠다.

진검룡은 경혼조원들이 수련하는 광경을 지켜보면서 새로

운 사실 하나를 깨달았다.

낙양총부에서의 일, 특히 자신이 음모에 빠졌던 것이나 자신이 지휘했던 청룡검대 수하들 모습이 기억 속에서 점차 흐려지고 있다는 사실이었다.

그 반면에 경혼조원 열네 명에게 애착이 생겨나기 시작했다.

진검룡도 인간이기 때문이었다.

전지 호숫가에 늘어선 여덟 개의 천막 중에서 맨 끝에 자리잡은 진원분타의 천막이 눈에 띄게 변했다.

오늘 오전까지만 해도 여덟 개 천막 중에서 가장 초라하고 볼품이 없었는데 지금은 반대가 되었다. 가장 크고 튼튼한 천막으로 탈바꿈했다.

오늘 낮에 분타주 강무교의 진두지휘 아래 대대적인 천막 교체 작업이 진행됐었다.

곤명성에서 한 떼의 인부들이 몰려와서 진원분타 천막이 있던 자리에 원래보다 절반 이상 더 넓게 땅을 잘 다진 후에 그곳에 지상에서 석 자 높이의 평상에 질 좋은 나무로 마루를 넓게 깔았다.

그리고 빙 둘러 기둥을 세우고는 가장 튼튼한 천막을 씌워서 찬바람이 스며들지 않고 비가 온다고 해도 안쪽이 젖지 않도록 했다.

또한 천막 안에는 각 조별로 칸막이를 쳐서 독립된 공간을 마련했다.

그 안에는 두 자 높이의 넓은 침상을 만들어주었다. 야전에서의 단체 생활이므로 개인용 침상은 자제했다.

그뿐 아니라 천막 안 네 곳에 커다란 난로를 두어 밤에는 불을 때게 해서 천막 안이 훈훈하도록 만들었다.

게다가 천막 양쪽에는 남녀 두 개의 욕실을 따로 만들어서 언제든지 목욕을 할 수 있도록 했다.

네 개의 난로 위에서 뜨거운 물이 끓고 있기 때문에 목욕물을 걱정할 필요는 없으며, 또한 언제든지 차를 마실 수도 있게 되었다.

진원무사들을 더 기쁘게 한 것은, 그동안 대여섯 달이나 밀렸던 녹봉을 모두에게 일시불로 지급했으며, 따로 은자 열 냥씩의 면려금(勉勵金:상여금)을 주었다는 사실이다.

기쁨에 겨운 진원무사들은 모두 만세를 부르면서 분타주 강무교에게 감사했다.

이 모든 일이 진검룡 덕분이라는 사실을 알고 있는 사람은 강무교와 고선, 훈용강뿐이었다.

진원분타 천막 안의 조별로 나눠진 칸은 널찍해서 이십 명 이상이 자도 충분했다.

조장의 침상이 따로 없기 때문에 진검룡도 조원들과 함께 넓은 침상 한쪽에 자리를 잡아 자고 있었다.

그의 양옆은 주소영과 미미가 차지했다. 남자 조원들하고
섞여서 잘 수 없는 그녀들은 제일 믿음직스럽고 만만한 진검
룡의 양쪽에 찰싹 붙어서 자는 것을 택했다.

그렇지 않아도 그녀들은 진검룡과 함께 자는 것이 소원이
었는데, 지금 같은 상황은 하늘이 그녀들에게 내려준 천재일
우의 기회인 것이다.

그런데 진원분타 천막 안에서 자는 무사들은 잠이 들기 전
에 반드시 한 가지 고역을 치러야만 했다.

"크카카아아―! 드르렁! 푸아아아―!"

바로 낭랑의 무지막지한 코골이를 잠시 동안 견뎌야 한다
는 사실이다.

그러나 그 시간은 채 세 호흡을 넘기지 않았다. 낭랑은 원
래 머리를 바닥에 붙이기만 하면 그 즉시 잠에 빠져서 코를
골아댔는데, 그럼 진검룡이 재빨리 손을 써서 그녀를 조용하
게 만들었다.

그리고 아침이 되면 낭랑은 만두처럼 퉁퉁 부은 얼굴로 진
검룡을 찾아와서 입이 벌어지지 않는 병을 고쳐 달라고 손짓
발짓으로 하소연을 한다.

그러면 진검룡은 아무것도 모르는 척 다시 입을 사용할 수
있도록 해준다.

"틀렸다."

"앗!"

남들이 다 잠든 깊은 밤에 혼자 백사장에서 열심히 발도산 검파를 수련하고 있던 고선은 난데없이 들려온 조용한 목소리에 화들짝 놀랐다.

고선은 한밤중 호숫가의 추위도 잊은 채 땀을 뻘뻘 흘리면서 헐떡이며 뒤돌아보다가 멋쩍은 미소를 지었다. 다섯 걸음쯤 떨어진 곳에 우뚝 서 있는 진검룡을 발견한 것이다.

"하아… 하아악……. 조장님이셨군요?"

그녀는 곧 쓰러질 듯이 비틀거렸다. 하지만 두 발이 발목까지 모래 속에 파묻혀 있는 덕분에 쓰러지는 것은 면했다.

"하악… 하아……. 그런데 뭐가 틀렸다는 건가요?"

진검룡은 고선이 몰래 잠자리를 빠져나가는 것과 이후에 이곳 당랑천 백사장에서 혼자 훈련하고 있다는 사실을 알고 있었다.

그녀는 그렇게 해서라도 조금 더 강해지려고 발버둥을 치고 있는 것이다.

원래 그녀의 생활이란 무미건조하기 짝이 없었다. 그래서 돈을 버는 것에 재미라도 붙여볼 요량으로 그렇게 악착과 포악을 떨었던 것이다.

그런데 현재 그녀의 생활은 완전히 변해 버렸다. 지금은 돈 따위에는 눈곱만큼도 관심이 없다.

돈이라면 평생 물 쓰듯이 써도 죽을 때까지 다 쓰지 못할 정도로 쌓여 있다.

현재 그녀의 최대 관심사는 발도산검파를 부지런히 연마해서 경혼조원 중에서 꼴지를 면하는 일이었다.

그녀는 지금껏 살아오면서 처음으로 자신 스스로 원해서 하고 싶은 일을 찾아냈다.

우선 경혼조원 중에서 꼴지를 면하면, 그다음은 중간이 되는 것이 목표다.

그녀는 이미 머릿속으로 자신의 최종 목표까지 다 짜놓았다. 진원분타 추혼향처 뒷마당에서 머리가 터지도록 박투술을 하고 나서 잠자리에 들며 이를 뽀독뽀독 갈면서 작은 주먹을 꼭 쥐며 계획을 짜고 또 결심을 했었다.

그녀의 최종 목표는 실로 원대하기 짝이 없다. 경혼조원 중에서 제일 강해져서 순전히 자신의 실력으로만 부조장의 자리에 오르는 것이다.

그것을 이룰 때까지는 자신의 계획을 아무에게도 말하지 않을 작정이다. 그리고 남들보다 열 배, 스무 배 노력할 것이다. 그러다 보면 언젠가는 이룰 수 있으리라. 그렇게 믿고 있는 그녀다.

뒷짐을 지고 있던 진검룡은 고선에게 걸어오면서 오른손을 내밀었다.

그런데 그의 오른손에는 목검이 한 자루 쥐어져 있었다. 아예 고선을 지도할 작정으로 준비해 온 것이다.

그것을 모를 리 없는 고선이다. 진검룡의 자상함에 그녀는 울컥하고 뜨거운 것이 가슴에서 치밀어 올라 눈시울이 뜨뜻해졌다.

어렸을 때부터 그녀 주위의 모든 것은 권력과 돈으로 해결됐었다.

돈이면 안 되는 것이 없었다. 그래서 그녀는 자연스럽게 돈이 최고인 줄 알게 되었고, 그것을 위해서 지금까지 살아왔던 것이다.

그런데 그게 아니었다. 지금 그녀가 느끼고 있는 이런 작은 감동은 예전에는 한 번도 느껴본 적이 없었다. 그것은 절대로 돈으로는 살 수 없는 것이기 때문이다.

"고선, 나를 공격해 봐라. 어디가 틀렸는지 가르쳐 주마."

고선은 얼른 공격하지 않고 쭈뼛거렸다.

진검룡은 묵묵히 서서 기다리고 있는데 고선은 뜻밖의 요구를 했다.

"선아라고 불러주세요."

진검룡은 어이없다는 표정을 짓더니 곧 엷은 미소를 지었다.

"선아, 어서 공격해라."

"네!"

고선은 땀으로 범벅된 얼굴에 환한 미소를 지으면서 힘차게 목검을 휘두르며 진검룡을 공격해 갔다.

"이얍!"

그런데 기합만 컸고 자세나 동작은 엉성하기 짝이 없었다.

딱!

"악!"

진검룡은 목검을 가볍게 휘둘러서 고선의 목검을 쳐내 그녀를 쓰러뜨리고는 나직이 한숨을 내쉬었다.

앞으로 고선을 특별하게 지도해야겠다는 생각을 했다. 그는 고선 같은 사람을 가르치는 방법을 잘 알고 있었다. 그가 직접 자세하게 가르치면 머지않아서 고선은 좋은 경혼조원이 될 것이다.

드디어 내일 아침 동이 트면 출정(出征)이다.

천막 앞쪽 드넓은 전지에 석양이 깔리면서 말로는 형언하기 어려운 장관이 펼쳐졌다.

여덟 개 천막의 무사들은 막 저녁 식사를 끝낸 터라 휴식을 취하면서 호수의 노을을 구경하고 있었다.

진검룡은 식사를 마치고 당랑천 쪽으로 가려고 천막 뒤쪽으로 향했다.

그의 뒤에는 고선이 따르고 있었다. 그날 밤 이후 진검룡이 고선을 특별 지도하고 있어서 방금 식사를 했다고 해도 잠시의 쉴 틈이 없었다.

진검룡보다는 고선이 더 성화다. 그가 잠시 쉴라 치면 어서 수련하자고 난리를 친다.

천막을 막 지나서 무심코 곤명성 쪽을 쳐다보던 진검룡은 뚝 걸음을 멈추었다.

저만치 네 번째 천막 뒤에 무악과 옥청이 마주 보고 서서 대화를 나누고 있는 모습을 발견했기 때문이다.

진검룡은 옥청이 아무 일 없는 모습을 보고 한시름 놓았다. 이곳에 온 첫날 밤에 그녀를 객잔에 데려다 주고는 이곳에 한 번도 오지 않아서 내심 걱정을 하고 있었다.

하지만 시간을 쪼개서 그녀를 찾아 나서고 싶은 마음은 그다지 없었다. 아니, 솔직히 말하면 자제하고 있는 것이다.

그녀에게 마음이 조금 움직이는 것은 사실이지만, 그것이 제자인 무악의 모친이기 때문이라고 생각하려 애쓰기 때문이다.

또한 그는 옥청이 자신을 좋아한다는 사실을 전혀 모르고 있었다. 아니, 그런 일이 있을 리 없다고 생각한다. 그러므로 자신이 그녀를 좋아하는지 아닌지에 대한 것은 그다음의 문제였다.

지금 진검룡이 있는 곳에서 옥청까지의 거리는 대략 십오륙 장이지만, 그의 눈에는 그녀의 얼굴이 손에 잡힐 듯이 자세하게 보였다.

그런데 웬일인지 그녀의 모습이 몹시 수척하고 얼굴에는

그늘이 짙게 깔려 있었다.

그때 문득 옥청이 이쪽을 쳐다보다가 진검룡을 발견하고 움찔 몸을 떨었다.

진검룡의 눈에는 그녀의 크게 놀라는 표정이 너무도 자세하게 보였다.

그러더니 그녀의 표정이 복잡하게 변하면서 눈꺼풀이 파르르 떨렸다.

진검룡이 보기에 그녀는 크게 격동하는 것이 분명했다. 하지만 왜 그러는지 이유를 알지 못했다.

지금 그녀의 얼굴에 떠올라 있는 것이 진검룡을 두려워하는 것 같기도 하고, 뭔가 안타까워하는 것 같기도 했다. 그러나 반가워하는 표정이 아닌 것만은 분명했다.

옥청이 황망하게 허리를 굽혀 인사하는 순간에 진검룡은 몸을 돌려 당랑천을 향해 걸어갔다. 그는 그녀가 인사를 하는 것을 보지 못했다.

인사를 하고 허리를 편 옥청은 진검룡이 고선과 함께 걸어가고 있는 모습을 발견하고 놀란 표정을 떠올렸다가 곧 착잡하게 변했다.

무악이 봤을 때 진검룡을 바라보는 어머니의 표정은 한없는 그리움이 분명했다.

"어머니, 사부님을 모셔올까요?"

그가 조심스럽게 그렇게 물었으나 진검룡에게 정신이 팔

려 있는 옥청은 듣지 못했다.

그를 보지 않고 있을 때에는 열병에 걸려서 곧 죽을 것만 같았어도 어떻게든 견딜 수가 있었다.

그런데 막상 눈앞에서 그를 보니까 지금 당장 그의 얼굴을 가까이에서 보지 못하면, 그리고 그의 다정한 눈빛을 보지 못하면 이 자리에 선 채로 피가 말라서 껍데기만 남아 죽을 것 같은 심정이 되었다.

무악은 어머니의 표정을 읽었다. 그래서 그녀의 마음이 그에게 전해졌다.

사부와 어머니가 부부가 됐으면 좋겠다고 꿈에서조차 염원하던 무악이기에, 그래서 더 어머니의 간절함이 가슴을 뒤흔드는지도 몰랐다.

"어머니, 제가 사부님을 모셔오겠어요!"

무악은 소리치면서 진검룡을 향해 달려갔다.

그때야 퍼뜩 정신을 차린 옥청은 다급하게 외쳤다.

"안 된다! 악아, 그만두어라!"

"어머니……."

멈춰서 뒤돌아보던 무악은 파랗게 질린 어머니의 얼굴을 발견하고 놀라서 되돌아왔다.

"왜 그러세요, 어머니?"

"아니다. 아무것도 아니다."

그러면서 옥청은 흐느껴 울며 발길을 돌려 곤명성 쪽으로 걸어가기 시작했다.

아들이 보고 있기에 울지 말아야 한다고 생각하면서도 솟구치는 눈물을 어쩔 수가 없었다. 그러면서도 이 눈물의 의미를 그녀 자신도 알지 못했다.

"어머니……."

아직 어머니의 갈등까지는 헤아리지 못하는 단순한 무악은 멀어지는 그녀를 바라보며 착잡한 표정만 지을 뿐이었다.

진검룡은 방금 무악과 옥청의 외침을 들었으나 그냥 걸었다. 모자의 대화가 무엇을 의미하는지 그는 모른다. 그리고 그다지 알고 싶지도 않았다.

단지 옥청이 무엇 때문에 몹시 괴로워하고 있다는 느낌을 받았을 뿐이다.

"조장님."

고선이 옆에 바짝 붙어서 걸으며 그를 올려다보았다.

진검룡은 앞만 보고 걸으며 대답하지 않았다.

"그녀는 조장님을 좋아하고 있어요."

고선은 진검룡의 표정을 살피면서 종알거렸다.

"척 보면 알아요. 그녀는 조장님을 좋아하는 것 때문에 괴로워하고 있는 게 분명해요."

그녀는 말하고 나서 입술을 삐죽거렸다. 기분이 별로 좋지 않아서다.

딱히 왜 그런지는 모르겠지만, 옥청이 진검룡을 좋아한다는 사실이 왠지 싫었다.

아니, 기분이 아주 나빴다. 과부 주제에, 더구나 진검룡보다 나이도 훨씬 많은 여자가 감히 누굴 좋아해? 그런 생각이 들었다.

그렇다고 질투 같은 감정은 아니다. 고선은 진검룡을 좋아하지만 여자가 남자를 좋아하는 그런 것은 아니었다. 단지 그를 존경하고 막연하게 좋아할 뿐이었다.

그녀는 지금까지 진심으로 남자를 좋아해 본 적이 한 번도 없었다. 그러나 남자들이 그녀에게 사랑을 고백한 적은 셀 수도 없이 많았다.

고선은 두 팔로 진검룡의 팔을 잡아 가슴에 꼭 안으면서 넌지시 충고를 했다.

"저런 여자는 멀리하는 게 좋아요. 다 큰 아들이 딸린 과부는 진드기처럼 피곤하거든요. 조장님이 여자가 필요하시다면 제게 말씀하세요. 곤명성에서 아름답기로 내로라하는 여자들을 많이 알고 있거든요."

그렇게 말하는 도중에 고선은 자신의 젖가슴에 끌어안은 진검룡의 팔이 온통 근육 덩어리라는 사실을 깨달았다.

그러면서 왠지 짜릿한 느낌이 젖가슴으로부터 전해지는 것을 느꼈다.

자존심 강하고 오만하며 부족한 것 없는 여자들이 대개 그렇듯이, 그녀는 원래 남자들을 벌레 보듯 싫어하는 성격이다.

하지만 진검룡은 예외였다. 왜냐하면 그를 남자로 보지 않기 때문이다. 그는 단지 조장님일 뿐이다.

지금 그녀의 마음은 진검룡이 옥청 같은 과부가 아니라 그 자신하고 어울리는 정말 아름다운 여자하고 사귀기를 진심으로 바라고 있었다.

"곤명성 제일미녀는 누가 뭐래도 천화각(天花閣)의 빙화(氷花)예요. 조장님이 원하시기만 하면 제가 언제든지 다리를 놔 드릴… 아!"

고선은 참새처럼 재잘거리다가 낮은 탄성을 터뜨렸다.

"아아아…….'

진검룡이 집어 던지자 그녀는 백사장을 향해 허공을 붕 날아가면서 비명인지 탄성인지 모를 소리를 흘렸다.

그리고 백사장에 처박히기 직전에 진검룡의 말이 들렸다.

"나는 여자를 좋아하지 않는다."

픽!

백사장에 얼굴이 꽂히면서도 그녀는 왠지 기분이 좋았다.

진검룡은 백사장에서 버둥거리는 고선을 보면서 나직이 중얼거렸다.

"빙화라고?"

*　　*　　*

전지와 무선호라는 두 개의 거대한 호수 사이에는 진학현(晉學縣)이라는 제법 번화한 현이 위치해 있다.

천의맹 곤명지부와 사황벌 징강지부의 싸움은 지난 일 년여 동안 진학현을 뺏고 빼앗기는 것의 연속이었다.

그 때문에 곤명성 절반 크기인 진학현은 운남성에서 가장 중요한 요충지(要衝地)가 된 상황이다.

곤명지부 수중에 있는 전지와 징강지부 수중에 있는 무선호의 가장 가까운 거리인 동남쪽의 삼십오 리 사이에 진학현이 있다.

그런데 지리적으로 전지에서 십여 리 거리에 있으므로 전지하고 더 가깝다. 그것은 진학현이 곤명지부 세력권하고 더 가깝다는 의미다.

징강지부가 진학현을 장악하면 자연적으로 전지의 동남쪽 일대를 장악하는 것이 된다.

반대로 곤명지부가 진학현을 수중에 넣으면 무선호 북서쪽 일대를 지배하게 된다.

그렇다고 해서 똑같은 상황은 아니다. 징강지부가 진학현을 장악한다고 해도 그곳에서 전지의 북쪽 끝에 있는 곤명지부하고의 거리는 오십여 리나 된다.

그렇지만 곤명지부가 진학현을 장악하게 되면 무선호의 북동쪽 끄트머리에 위치해 있는 징강지부하고의 거리는 불과

십여 리밖에 되지 않는다. 징강지부로서는 진학현이 발등의 불인 셈이다.

그러므로 곤명지부보다는 징강지부가 훨씬 조급해서 진학현을 손에 넣으려고 전력을 기울이고 있는 형편이었다.

그리고 현재 진학현은 징강지부 수중에 들어 있었다.

강무교는 정중히 고개를 숙이며 포권을 취했다.

"복귀했습니다, 뇌격전주님."

"오! 강 분타주! 푹 쉬었소?"

일곱 명의 분타주와 심각하게 회의를 하고 있던 곤명지부 뇌격전주 고명은 돌아보다가 강무교를 발견하고 환한 표정으로 물었다.

"덕분에 잘 쉬었습니다."

강무교가 다시 한 번 정중히 고개를 숙였다가 들자, 고명 뒤쪽 하나의 나무 그루터기를 중심으로 둘러앉아 있던 일곱 명의 분타주가 그를 보면서 고개를 끄덕이고 손을 들어 보이는 등 아는 체를 하며 미소를 지었다.

강무교의 시선이 유달리 환한 미소를 지으면서 일어서기까지 하는 한 명의 분타주에게 향했다.

그는 닷새 전에 진원분타와 함께 곤명지부로 쉬러 갔다가 오늘 복귀한 봉의분타의 분타주 신효궁(申曉穹)이다.

강무교가 곤명성을 출발할 때 봉의분타 무사들이 보이지

않더니 어느새 먼저 도착해 있었다.

신효궁은 별달리 특별한 것이 눈에 띄지 않는 사람이다. 그저 자신에게 주어진 임무를 최선을 다해서 완수하려고 애쓰는, 그래서 정직하지만 외골수라서 답답하게도 느껴지는 성격의 소유자였다.

신효궁이 반갑게 강무교에게 아는 체를 하는 것은, 아마도 이곳에서의 임무를 마치고 곤명성에 돌아간 첫날 밤에 진검룡이 준비한 술을 나눠 마신 것 때문일 터이다. 그는 그것이 못내 고마웠나 보다.

강무교는 신효궁에게 가볍게 고개를 끄덕여 주고는 뒤에 서 있는 진검룡을 고명에게 소개했다.

"뇌격전주님, 본 타에 새로 지원을 온 경혼조장입니다."

고명의 시선이 빠르게 진검룡의 전신을 훑었다. 방금까지 부드러운 눈빛이었으나 지금은 날카로운 눈빛이다.

진검룡은 강무교의 충고에 의해서 방갓을 벗은 모습이다.

고명은 첫눈에 진검룡이 범상한 사람이 아니라는 사실을 직감했다.

강무교가 진검룡을 가리키며 넌지시 자랑을 했다.

"남랑곡을 몰살시킨 바로 그 친구입니다."

"오오! 그렇소? 나도 소문은 익히 들어서 알고 있소."

고명은 찬탄을 터뜨리며 진검룡 앞으로 썩 나서면서 환하게 웃었다.

"진원분타에 단신으로 수백 명의 산적들을 전멸시킨 영웅이 있다고 해서 꼭 만나보고 싶었는데, 직접 보니 과연 명불허전, 그러고도 남을 인물인 것 같소!"

그는 서슴없이 진검룡의 손을 덥석 잡고 흔들었다. 고명이 불과 이십칠 세의 나이에 곤명지부 오 형제 중에서 제일 호탕하다고 하더니 과연 소문 그대로였다.

고명은 중간 정도의 키에 다부진 체격을 지녔으며, 부리부리한 눈에 큼직한 코, 두툼한 입술을 지닌 전형적인 호남형의 모습이다.

일곱 명의 분타주는 일제히 진검룡을 쳐다보는데 그들 중에는 진심으로 놀라고 경탄하는 사람이 몇 명 있고, 나머지는 경계와 질시의 시선으로 쳐다보았다.

고명은 자신의 손이 꽤 큰 편이라고 자부하고 있는데, 진검룡의 손을 잡아보니까 자신보다 훨씬 큰 것을 느끼고 적잖이 놀라 그의 손을 자세히 살펴보았다. 초면에 그러는 것은 실례지만 그는 개의치 않았다.

진검룡의 손은 크면서도 손가락이 매우 길고 손가락 마디가 굵직굵직했다. 하지만 굳은살은 박이지 않았다. 그렇다고 부드럽지도 않았다.

고명은 자신이 기대했던 도검으로 단련된 손이 아니라서 조금 실망했으나 진검룡의 손을 놓고 환하게 웃었다.

"부디 경혼조장의 힘을 보태주시오."

진검룡은 대답없이 가볍게 고개를 숙여 보였다.

"경혼조 명단입니다."

강무교가 내민 종이를 고명은 건성으로 읽지 않고 이름을 하나씩 차근차근 입속으로 중얼거렸다.

그러다가 '고선'이라는 이름에서 빙긋 미소를 지었다. 자신의 막내 누이동생하고 이름이 같았기 때문이다.

인사를 마친 진검룡과 강무교는 진원분타가 잠복해 있는 장소를 향해 나란히 걸어갔다.

지휘자인 고명이 있는 곳, 즉 지휘소(指揮所)나 천의운남팔분타가 흩어져 있는 여덟 장소는 집이나 천막이 아니라 그냥 야외였다.

뒤쪽 백여 장 거리에 전지를 등지고 있는 야트막한 야산 곳곳에 지휘소와 천의운남팔분타가 흩어져 있었다.

현재 곤명지부가 이끄는 휘하 세력은 천오백여 명 규모다.

원래는 이천삼백여 명 정도였는데 일 년여의 지루한 싸움에서 오백여 명이 죽었으며, 삼백여 명이 중상을 입고 각자의 분타로 돌아갔다.

"하하하! 뇌격전주는 명단에 적혀 있는 고선이라는 이름이 설마 자신의 누이동생일 것이라고는 꿈에도 생각하지 못할 걸세."

능선을 따라 걸으면서 강무교가 재미있다는 듯 명랑하게

웃었다.

"하하! 나중에 뇌격전주가 그 사실을 알게 되면 어떤 표정을 지을지 궁금하군."

그는 진원분타의 모든 골칫거리들이 다 풀린 이후로는 얼굴에서 웃음이 떠나지 않고 있었다.

그 모든 것이 오로지 진검룡 한 사람 덕분이라는 생각을 하면 강무교는 그를 업고 다니고 싶을 정도였다.

강무교는 진검룡만 곁에 있으면 왠지 든든한 기분이었다.

그가 싸우는 광경을 한 번도 본 적이 없고, 막상 징강지부와 싸움이 벌어지면 어떻게 될지 모르지만, 그가 발군의 역량을 발휘할 것이라고 믿어 의심치 않고 있었다.

강무교는 미소를 지으면서 진검룡을 쳐다보았다.

"이런 식의 싸움을 해본 적이 있나?"

"조금."

"역시……."

강무교는 진검룡이 과묵할 뿐 아니라 자신을 전혀 드러내지 않는 사람이라고 평가했다.

그러므로 그가 이런 싸움을 조금 해봤다고 말할 정도면 믿어도 좋다는 생각이었다.

第四十一章
첫 전투(戰鬪)

강무교와 진검룡이 도착한 곳은 야산의 앞쪽 완만한 산비탈이 시작되는 중간쯤에 있는 우묵하게 들어간 꽤 넓은 공터였다.

공터 복판은 널찍한 편이지만 둘레에는 커다란 바위와 구불구불하고 굵은 소나무들이 있어서 엄폐물로 삼기에는 제격일 듯했다.

진검룡은 고명에게 보고하러 가기 전에 경혼조원들을 두고 가기 위해서 이곳에 잠깐 들렀으나 주변을 자세히 살필 겨를이 없었다.

그는 공터 위쪽 평평한 곳에 우뚝 서서 전방을 바라보았다.

야산 아래에는 드넓은 평야가 펼쳐져 있었다. 그곳은 원래 진학현 현민들의 논과 밭이었으나 일 년여 동안 계속된 싸움으로 인해 돌보는 사람이 없어서 지금은 잡풀만 무성하게 자라고 있었다.

논밭은 야산 아래에서부터 전방 오 리, 좌우 칠팔 리 정도로 펼쳐져 있고, 논밭 너머에는 진학현이 위치해 있었다.

강무교의 말에 의하면 진학현에는 현민들의 칠 할 이상이 떠난 상태라고 한다.

대부분 주업인 농사를 지을 수 없게 되어 싸움이 끝날 때까지만이라도 일거리를 찾아 곤명성이나 징강현 등 인근 가까운 지역으로 떠났다는 것이다.

곤명지부든 징강지부든 진학현을 수중에 넣었다고 해서 현민들을 괴롭히는 짓 따윈 일체 하지 않는다.

아니, 진학현뿐만 아니라 운남성의 어떤 마을이라도 곤명지부나 징강지부에게 핍박을 당한 곳은 찾아볼 수 없다.

이유는 세 가지인데 셋 다 간단하다.

첫째, 싸움이 벌어지기 전까지의 진학현은 곤명지부 휘하의 사람들이나 징강지부 휘하 사람들이 자유롭게 왕래하던 곳이고, 또 그곳에 꽤 많은 그들의 가족이 살고 있었으며 지금도 살고 있다.

그러므로 서로의 가족을 다치게 하지 않는다는 묵약(默約)이 은연중에 성립되어 있는 상황이다.

둘째, 싸움이 끝나고 나면 곤명지부가 됐든 징강지부가 됐든 진학현을 다스리게 될 텐데, 폐허를 만들어 버리면 복구를 하는 데 고생을 해야 하기 때문이다.

셋째, 운남성 어느 지역의 마을이든 핍박을 하는 쪽은 민심을 잃게 된다.

그것이 싸움의 승패에 직접적인 원인 제공이 될는지 아닐지는 모르지만, 곤명지부나 징강지부는 민심 잃기를 극도로 경계하고 있었다.

진검룡은 한차례 주변을 둘러보는 것으로 이 근처 지형에 대한 파악을 끝내고 공터의 경혼조를 찾아갔다.

이곳 산비탈의 움푹 들어간 공터는 가로 십오 장, 세로 이십오 장의 아래쪽으로 둥글게 뻗어 있다.

가장 위쪽에 분타주 강무교와 그의 호위대 성격인 비룡당 네 개 조가 포진해 있다.

그 아래에 진원분타에서 세 번째로 강한 흑룡당이 포진했으며, 그곳 한 귀퉁이에 경혼조가 자리를 잡았다.

경혼조는 창룡당 휘하이기 때문에 이곳에서는 소속이 없어서 임시로 흑룡당에 의탁하고 있는 것이다. 하지만 흑룡당의 지휘하에 있는 것은 아니다.

그리고 맨 아래쪽에 진원분타에서 두 번째로 강한 황룡 네 개 조가 위치해 있다.

이런 식의 포진은 적을 경계할 때 주로 사용하는 전형적인
대형(隊形)이다.

즉, 적이 야간에 침투 혹은 암습을 가해올 때를 위한 최상
의 대형인 것이다.

경혼조는 흑룡당 대형의 중간 오른쪽 끄트머리에 자리를
잡고 있었다.

경혼조가 있는 곳은 아래쪽으로 커다란 바위 두 개가 비스
듬히 버티고 있어서 방패막이 돼주었고, 왼쪽 흑룡당 주력 쪽
으로는 사람 키 반만 한 크기의 바위들이 오밀조밀 가로막듯
모여 있으며, 뒤쪽에는 커다란 바위 하나가 덩그렇게 놓여 있
었다.

흠이라면 오른쪽에 구불구불한 거목 한 그루만 달랑 서 있
고 그쪽 방향이 뻥 뚫려 있다는 사실이다. 사람이 앉으면 어
깨 높이로 바깥으로는 풀과 드문드문 나무들이 서 있는 것이
전부였다.

경혼조가 오른쪽 맨 끄트머리에 있기 때문에 그쪽이 비어
있다는 것은 그곳으로 적이 암습해 올 때 속수무책일 수밖에
없다는 것이다.

믿는 구석이 있다면 경혼조의 오른쪽으로 이십여 장쯤 떨
어진 위치에 봉의분타가 자리를 잡고 있다는 사실인데, 이십
여 장이란 거리는 마차가 나란히 이십 대 이상 굴러갈 수 있
을 정도로 큰 공간이다.

"쉬게 해라."

진검룡의 명령을 받은 주소영은 바짝 신경이 곤두서 있는 경혼조원들에게 돌아다니면서 조장의 명령을 전달했다.

그 명령에 제일 먼저 반응한 사람은 낭랑과 부상쾌다. 두 여자는 각기 왼쪽의 작은 바위와 오른쪽의 나무에 기대서 즉시 잠을 청했다.

무악은 낭랑 옆에 쪼그리고 앉아서 긴장한 표정으로 그녀를 굽어보았다. 코를 골기 시작하면 즉시 진검룡에게 알리려는 것이다.

안에서 새는 쪽박이 바깥이라고 새지 않을 리가 없다. 모두들 숨소리까지 죽인 채 경계를 하고 있는 마당에 천둥소리 같은 코 고는 소리가 울려 퍼지는 것은 결코 바람직하지 않은 일이다.

그때 낭랑이 갑자기 눈을 번쩍 뜨더니 자신의 얼굴을 빤히 내려다보고 있는 무악에게 말했다.

"악아, 너 뭐 하니?"

"으악!"

바짝 긴장하고 있던 무악이 소스라치게 놀라서 비명을 터뜨렸다.

순간 진원분타가 매복해 있는 여기저기에서 사람들이 일어나 경혼조 쪽을 쳐다보았다.

그들의 얼굴에는 하나같이 못마땅하거나 나무라는 표정이
떠올라 있었다.

"아아……."

무악은 당황해서 어쩔 줄을 모르는데 낭랑은 다시 눈을 감
으며 늘어지게 하품을 했다.

"흐아아암……. 귀찮게 굴지 말고 악이 너도 아무 데나 쓰
러져서 얼른 자라. 자는 게 남는 거다. 음냐."

무악은 얼굴이 새빨개져서 어쩔 줄을 모르며 이쪽을 보고
있는 진원무사들을 향해 연신 허리를 굽혀댔다.

"드르렁……."

그때 낭랑이 드디어 코를 골기 시작했다.

무악이 당황해서 급히 진검룡을 쳐다보는데 그는 어느새
무악의 옆에 서 있었다.

"네가 해봐라, 악아."

"……."

"푸카카아아ー! 크아아아ー!"

낭랑이 맹렬하게 코를 골기 시작했는데 진검룡은 느긋하
게 무악에게 말하면서 낭랑의 턱을 가리켰다.

다른 조 쪽에서 작게 웅얼거리는 불평 소리가 여기저기에
서 들렸으나 진검룡은 태연했다.

"코를 고는 것은 수태양소양경(手太陽小陽經)으로 다스릴
수가 있다. 낭랑의 양쪽 귀 아래 삼 푼 오 리 되는 곳의 혈도

가 무엇이냐?"

"천창혈(天窓穴)입니다."

무악은 즉시 공손히 대답했다. 방금 전까지만 해도 당황해
서 어쩔 줄 모르던 모습은 찾아볼 수 없고, 진지한 표정으로
낭랑의 귀 아래를 뚫어지게 주시하고 있었다.

"그곳을 약하게 제압해라."

"네."

부상쾌를 제외한 경혼조원들은 주위로 모여들어 흥미롭다
는 표정으로 지켜보았다.

무악은 낭랑의 양쪽 귀 아래 삼 푼 오 리 위치의 천창혈 두
군데를 조심스럽게 점했다.

그러자 낭랑의 우레 같은 코골이가 뚝 끊어졌다.

"오……."

"야아……."

경혼조원들이 신기한 듯 나직한 탄성을 흘렸다.

무악은 진검룡에게 무공을 배우는 것을 무엇보다도 좋아
한다.

몇 날 며칠이고 쉬지 않고 무공을 배우라고 해도 기꺼이 웃
으면서 할 것이다.

그리고 그가 특히 더 좋아하는 것은 점혈 수법이다. 인체의
특정한 부위의 혈도를 제압하면 다양한 반응이 나타나는 것
이 너무도 신기하기 때문이다.

그런데 낭랑의 입이 약간 벌려진 상태에서 나직한 코골이가 계속되고 있었다.

"콧구멍에서 양쪽으로 삼 푼 오 리에서 사 푼 사이에 있는 권료혈(顴髎穴)을 점해라."

스슥!

무악은 침착하게, 그리고 처음보다는 더 빨라진 솜씨로 권료혈을 점했다.

그러자 낭랑의 나직한 코골이마저도 뚝 멈추었다.

하지만 입이 약간 벌어져 있기 때문에 입을 통해서 숨소리인지 코골이인지 모를 소리가 흘러나왔다. 보통 사람 같으면 그저 평범한 숨소리겠지만, 낭랑은 무거운 짐을 바닥에 끌고 다니는 듯한 소리였다.

"이번은 족태양방광경(足太陽膀胱經)의 코 위쪽 양옆 정명혈(睛明穴)이다."

딱!

무악이 정명혈을 누르자 거짓말처럼 낭랑의 입이 닫히면서 이빨끼리 가볍게 부딪치는 소리가 났다. 그리고는 그녀에게서는 아주 미약한 숨소리만 흘러나왔다.

"풀어줄 때는 역순이다."

"네, 사부님."

또 한 가지 새롭고 신기한 수법을 배운 무악은 신이 나서 입이 함지박처럼 벌어졌다.

미미가 무악의 손을 잡고 한쪽으로 이끌면서 조바심을 내며 성화를 부렸다.

"악아, 나도 가르쳐 줘. 어서, 응?"

진검룡은 다시 경혼조를 모두 내려다볼 수 있는 위쪽, 뒤쪽에는 바위가 있는 곳으로 가서 나무 그루터기에 앉았다.

그는 아까부터 고선이 비죽거리면서 자신의 눈치를 보고 있는 것을 알고 있었지만 모른 체했다.

그녀의 의도는 여느 때처럼 오늘도 발도산검파를 가르쳐 달라는 것일 게다.

하지만 이곳은 전장이고, 지금은 경계를 하고 있는 중이므로 당치 않은 요구다.

가르쳐 주는 것은 어렵지 않으나 여러 사람에게 피해를 주게 된다. 조직 생활에서는 금기시되는 행동이다.

"주군, 분타주께서 부르십니다."

훈용강이 다가와 공손히 말했다.

진검룡은 그가 '주군'이라 부르는 것이 거슬렸으나 내버려 두고 있었다.

진검룡은 원래 무엇이든 내버려 두는 주의다. 즉, 수하들이 무엇을 하든 마음대로 하도록 방목(放牧)한다.

강무교는 독한 화주 몇 병과 육포를 가운데 두고 세 명의 당주와 둘러앉아 있다가 진검룡을 반겼다.

"하하! 싸움터에서 웬 술이냐고 하겠지만 보다시피 지금처럼 대치하고 있는 상황에서는 좀처럼 싸움이 일어나지 않는다네. 서로 통성명이나 시키려고 자넬 불렀네."

강무교는 자신의 옆에 있는 나무를 대충 다듬어 만든 의자에 진검룡을 앉혔다.

강무교의 주재로 진검룡은 비룡당주와 황룡당주, 흑룡당주와 인사를 나누었다.

이어서 술을 마시며 주로 강무교가 현재의 전황(戰況)에 대해서 이런저런 것들을 흘러가는 이야기처럼 해주었다.

아무 일도 발생하지 않은 채 이틀이 지났다.

경혼조는 물론이고 진원분타를 비롯한 곤명지부 천오백여 명은 잠복해 있는 장소에서 꼼짝도 하지 않은 상태로 이틀을 보냈다.

각 조가 잠복해 있는 공간은 최대 반경 삼 장 이내다. 그 안에서 밥을 해 먹고 잠도 자고 휴식도 취하면서 모든 것을 다 해야만 한다.

진원분타는 열세 개 조인데 그중 열두 개 조는 숙달이 돼서 잘 버티고 있는데 경혼조는 그렇지 못했다.

이틀 전까지만 해도 활개를 치고 다녔었는데 이제는 앉은 자리에서 꼼짝도 할 수 없으니 삭신이 쑤시고 답답해서 미쳐버릴 지경이었다.

진검룡을 비롯한 경혼조 열다섯 명 중에서 그래도 끄떡없이 자리를 지키고 있는 사람은 세 명뿐이었다. 진검룡과 훈용강, 그리고 부상쾌였다.

또 하나의 문제는 볼일을 보러 가는 것이었다. 조원들은 소변이든 대변이든 볼일을 보러 갈 때만 잠복지에서 벗어날 수가 있다.

그런 경우에는 남녀 불문하고 이인일조가 원칙이다. 남자들이 볼일을 보러 갈 때에는 누구라도 선뜻 일어나서 동행이 되어주는데, 문제는 여자들이다.

경혼조의 여자는 모두 다섯 명인데 부상쾌는 볼일을 보러 갈 때 남자하고 같이 가는 것도 마다하지 않았다. 그렇다고 남자하고만 가려고 하는 것이 아니라 남자든 여자든 가리지 않는다는 뜻이다.

그러나 문제는 남자들이 그녀와 함께 가려고 하지 않는다는 사실이다.

남자들이 꺼리는 여자는 또 있었다. 바로 낭랑이다. 하지만 낭랑 역시 남자들과 볼일 보러 가는 것은 꿈에서도 생각하지 않는다.

남자들 중에 몇몇은 예쁘고 얌전한 미미나 고선이 볼일을 보러 갈 때 자신을 지목해 주기를 은근히 바라는 축도 있었다. 하지만 절대 그런 일은 일어나지 않았다.

그래서 그들은 선머슴 같은 주소영이라도 희뿌연 궁둥이를 봐주는 것쯤은 괜찮다고 생각했으나 그녀 역시 남자하고

같이 볼일을 보러 가는 것은 질색했다.

여자들은 주로 여자들끼리 볼일을 보러 다닌다. 그렇지만 여자들이라고 해서 반드시 비슷한 시간에 볼일을 보고 싶어지는 것은 아니다.

그러면 낭랑이나 주소영, 미미는 서슴없이 진검룡에게 같이 가자고 졸랐다.

처음에 고선은 진검룡과 함께 볼일을 보러 가는 것을 상상조차 하지 못했었다.

그런데 낭랑이나 주소영, 미미가 진검룡과 함께 볼일을 보러 가면서 부끄러워하기는커녕 신바람이 난 듯한 모습을 보고는 고선도 함께 갈 여자가 없을 때에는 슬며시 진검룡을 바라보곤 했었다.

그러나 막상 그러자니 도저히 용기가 나지 않았다. 어떻게 남자가 지켜보고 있는 데서 볼일을 볼 수가 있단 말인가. 더군다나 대변이라면 더욱 그렇다.

그런데 낭랑이나 주소영, 미미의 말을 들어보면 그녀들이 대변을 보러 가서 깜빡 분지를 잊고 갔을 때에는 진검룡이 분지를 주기도 한다는 것이다.

'도대체……'

고선은 그녀들의 행동을 이해하기가 어려웠다. 하지만 그녀들 세 여자가 평소에 진검룡에게 추호도 허물없이 대하는 것을 보면 굳이 이해하지 못할 것도 없을 듯했다.

그녀들은 아예 진검룡을 남자로 여기지 않던가, 아니면 무척이나 허물없는 연인쯤으로 생각하는 것이 분명했다.

하지만 고선이 어찌 진검룡과 세 여자와의 끈끈한 속사정을 짐작이라도 하겠는가.

그것을 알고 나면 어째서 그녀들이 진검룡 앞에서 궁둥이를 까고 대소변을 보는 것을 부끄러워하지 않는지 자연히 알게 될 터이다.

어쨌든, 고선은 정말로 오랜 고심 끝에 대변을 보러 가는데 진검룡을 데리고 가는 것까지는 성공을 했다.

고선은 대변을 보러 가면 보통 반 시진 가까이 걸린다. 대변을 보려면 땅에 한 자 깊이의 구덩이를 파고 그 안에 볼일을 본 후 흙을 덮어야 하는 것이 규칙이다.

그런데 그녀는 땅을 파는 것이 아주 젬병이다. 더구나 이 야산은 바위와 돌이 많은 땅이라서 아무리 기를 써도 잘 파지지 않는다.

이윽고 진원분타와 봉의분타 사이의 적당한 장소를 찾아낸 고선은 머뭇거렸다. 땅을 파야 하는데 도무지 엄두가 나지 않기 때문이다.

그녀는 진검룡을 핼끔 쳐다보았다. 그는 다섯 걸음쯤 떨어진 곳에서 우뚝 서서 그녀를 지켜보고 있었다.

이인일조로 용변을 보러 갈 때도 그냥 가는 것이 아니라 세부 규칙이 정해져 있다.

한 사람씩 볼일을 봐야 하며, 두 사람이 다섯 걸음 이상 떨어지면 안 되고, 볼일을 보고 있는 사람에게서 한시도 시선을 떼서는 안 된다는 사실이다.

그동안 고선이 겪어본 바에 의하면, 진검룡은 부탁을 하지 않는 한 절대 먼저 나서서 무언가를 해주지는 않는다. 그러니까 지금도 고선이 먼저 땅을 파달라고 부탁을 해야 파줄 것이다.

또한 진검룡은 조원들의 부탁이라면 대부분 마다하지 않고 들어주는 편이다.

더구나 그녀는 지금 배가 너무 아프다 못해서 찢어질 것 같은 변의를 처절하게 느끼고 있는 중이었다.

"조… 장님, 구덩이 좀… 파주… 아아…….."

그녀는 필생의 용기를 내서 진검룡에게 그렇게 말하다가 배를 쓸어안고 온몸을 비꼬았다.

"어, 어서요. 급해요…….."

진검룡은 성큼성큼 다가오면서 나뭇가지 하나를 줍더니 고선이 서 있는 곳의 땅을 파기 시작했다.

팍팍.

아니, 몇 번 파더니 나뭇가지를 버리고 원래 자리로 되돌아갔다.

"어서 파지 않고 뭐 하세…….."

고선은 급해 죽겠는데 진검룡이 구덩이를 파는 둥 마는 둥

하다가 그냥 돌아가자 얼굴빛이 하얗게 질려 몸을 뒤틀며 채근하다가 눈을 동그랗게 뜨고 말았다.

그녀의 발 옆에 이미 구덩이가 파여져 있었다. 그것도 한 자 이상 깊은 구덩이다.

불과 두세 차례 나뭇가지로 땅을 팠을 뿐인데 도대체 언제 다 팠단 말인가.

고선은 똥 마려운 것도 잊은 채 놀라는 얼굴로 진검룡을 바라보았다.

꾸르르.

"아아……."

그러다가 뱃속에서 천둥소리가 터지자 앞뒤 가릴 것 없이 후다닥 바지와 속곳을 동시에 내리고 구덩이 위에 다리를 벌리고 앉았다.

자고로 세상을 살다 보면 자신이 마음먹은 대로 할 수 없는 것이 몇 가지 있다.

그 가운데 하나가 항문에서 분출되는 대변의 소리를 마음먹은 대로 조절할 수 없다는 것이다.

그다지 우아하지 못한 음향이 고선의 궁둥이에서 울려 퍼진 후 그녀는 세상을 다 준다고 해도 바꾸지 않을 쾌감에 몸을 부르르 떨었다.

"아아……."

자신도 모르게 몸이 구름 위에 떠 있는 듯한 탄성이 흘러나

왔다. 그러다가 문득 뒤에서 진검룡이 보고 있다는 사실이 떠올라서 깜짝 놀라 급히 뒤돌아보았다.

역시 진검룡은 뒷짐을 진 채 물끄러미 그녀를 보고 있었다. 그러나 그의 얼굴에는 아무런 표정도 떠올라 있지 않았다.

순간 고선은 자신이 변을 싸놓은 구덩이 속으로 숨어버리고 싶을 정도로 부끄러웠다.

"……"

그런데 그때 아주 기묘한 느낌이 등줄기를 훑었다. 아니, 정확하게 표현하자면 항문에서부터 시작된 찌릿한 그 무엇이 등줄기를 타고 뒤통수까지 훑어 올랐다.

자신이 대변을, 아니, 똥을 누고 있는 적나라한 모습을 진검룡이 지켜보고 있다는 사실이 너무도 부끄러웠으나, 그러면서도 괴이쩍으면서 미묘한 쾌감이 파도처럼 엄습하는 것을 맛보았다.

그것은 마치 자신의 치부를 다 보여주면서 쾌감을 느끼는 어떤 변태적인 행동 같았다.

그제야 고선은 어째서 낭랑과 주소영, 미미가 한사코 진검룡을 데리고 볼일을 보러 가는 것인지 조금쯤은 이해할 수 있을 것 같았다.

'앙큼한 년들.'

속으로 욕을 하면서도 그녀는 자신도 그 '앙큼한 년' 중의 한 명이 됐다는 사실이 이상하게도 왠지 뿌듯했다.

곤명지부 휘하 여덟 개 분타 전체에 극도의 긴장감이 감돌고 있었다.

뇌격전주 고명의 전령(傳令)이 전방에서 적이 접근하고 있다고 각 분타에 전해주고 간 직후다.

진원분타 열세 개 조의 조원들은 각자의 매복지에서 싸울 준비를 하느라 부산했다.

하지만 조용했다. 말소리는 일체 들리지 않았고 무기를 챙기는 철그럭거리는 소리만 여기저기에서 들렸다.

모두들 긴장하는 기색이 역력했다. 일 년여 동안 싸웠으면 이제 싸움이라면 이력이 났을 텐데도 진원무사들이 긴장하는 모습을 보고 진검룡은 그 원인을 짐작해 냈다.

징강지부가 진학현을 점령했을 때에는 보통 곤명지부가 지금보다 훨씬 위쪽으로 물러났었는데 지금은 물러나지 않고 이곳을 교두보로 삼고 있기 때문일 것이다.

그것만으로도 곤명지부, 아니, 지휘자인 뇌격전주 고명의 의도는 분명히 드러났다.

진학현을 뺏겼으나 이곳을 교두보 삼아서 조만간 진학현을 되찾으려는 계획이 틀림없다.

그것을 모를 리 없는 징강지부는 바로 턱밑에 적을 두고는 편하지 않았을 터이다.

곤명지부를 이곳에서 훨씬 더 멀리 내쫓아야 그들도 다리를 뺄고 한시름 놓을 수 있을 것이다.

그저께 강무교가 진검룡을 불러 세 당주와 함께 술을 마시면서 해준 얘기에 의하면, 뇌격전주 고명이 이곳 야산을 내주지 않고 버티고 있는 이유를 모르겠다는 것이다.

고명은 자신의 계획을 여덟 명의 분타주에게도 밝히지 않은 것이다.

그래서는 곤란하다. 여덟 명의 분타주 중에 첩자가 있는 것도 아닌데 고명이 그들에게까지 자신의 계획을 비밀로 하는 것은 상하 간에 불신을 조장할 염려가 있었다.

수하들을 믿는다면 자신의 계획을 가감없이 밝히고 수하들의 의견을 귀 기울여서 들어야만 진정한 지휘자라고 할 수가 있다.

징강지부의 현재 세력은 이천오백여 명으로 곤명지부보다 천여 명이나 더 많다.

사파 무사의 실력이 정파 무사에 비해서 조금 떨어지는 수준인 것은 맞지만, 그래도 천여 명이나 더 많은 것은 결코 무시할 수 없는 일이다.

그런데도 고명은 조만간 진학현을 탈환할 것이라고 기회만 노리고 있었다.

아마 곤명지부 휘하 무사들의 실력이 징강지부 무사들보다 월등하게 낫다고 확신하고 있기 때문일 것이다.

그런 상황에서 징강지부가 먼저 싸움을 걸어왔다. 고명으로서는 물러날 이유가 없다.

어쩌면 그는 이 기회에 아예 진학현까지 진격하려고 들지도 모르는 일이다.

그때 급히 고명에게 불려갔던 강무교가 돌아왔다. 그뿐만 아니라 다른 일곱 명의 분타주도 모두 고명에게 불려가서 지시를 받고 돌아왔다. 싸움에 앞서 늘 있는 일이었다.

세 당주와 조장들을 급히 부른 강무교는 평소와 달리 긴장한 표정으로 고명의 계획을 설명했다.

"뇌격전주는 자신의 직속 휘하인 뇌격무사(雷擊武士) 오십 명과 숭명(嵩明), 무정(武定), 쌍백(雙栢) 세 개 분타를 이끌고 크게 우회해서 진학현을 급습한다."

과연 진검룡의 짐작이 맞았다.

세 당주와 조장들의 얼굴에 해연히 놀라움이 떠올랐다. 전혀 예상하지 못했던 일이기 때문이다.

뇌격무사는 고명이 속한 곤명지부 뇌격전에서 선발된 일급 무사들이다.

또한 고명은 무슨 일이 있을 때마다 숭명, 무정, 쌍백, 회택 네 개 분타를 제일 먼저 찾는다. 그런데 이번에는 회택분타를 제외한 세 개 분타를 선발했다.

그들 네 개 분타가 특별히 강해서라기보다는 그들 분타가 곤명지부하고 가까운 위치에 있어서 평소에 왕래가 잦다는 지극히 단순한 이유에서다.

그나저나 고명이 뇌격무사와 세 개 분타를 이끌고 진학현을 치려는 계획은 모두에게 충격이었다.

여덟 명의 분타주 중에서 그것을 예측한 사람은 아무도 없었다.

이쪽에서 이 정도인데 징강지부에서는 더욱 예상하지 못하고 있을 것이다.

기발한 계획인 것만은 분명한 사실이다. 그러나 문제는 고명의 기발한 계획을 성공시키기 위해선 나머지 다섯 개 분타가 이천오백여 명의 징강지부를 상대하고 있어야 한다는 사실이다.

"이곳에 남아서 싸우는 다섯 개 분타에 대한 별도 지시는 없습니까?"

바짝 긴장한 황룡당주가 낮은 목소리로 강무교에게 물었다.

"한 가지 있네."

"뭡니까?"

진검룡을 제외한 세 당주는 더욱 긴장하고 또 기대하는 표정을 지었다.

"뇌격전주가 진학현을 수중에 넣을 때까지 후퇴는 절대 불가하다는 것일세."

강무교의 말에 한줄기 기대마저 짓밟힌 세 당주의 얼굴이 참담하게 일그러졌다.

진검룡은 고명의 계획이 성공하려면 그러는 수밖에 없다
는 것을 잘 알고 있었다.

　하지만 문제는 불과 다섯 개 분타 구백오십여 명으로 두 배
가 훨씬 넘는 이천오백여 명의 징강지부 공격을 과연 얼마나
버텨낼 수 있을 것인가라는 사실이다.

　만약 운이 따라준다면 이쪽도 잘 버텨내고 고명도 진학현
을 장악할 수 있겠지만, 그 반대의 상황이 벌어진다면 이쪽도
고명 쪽도 지리멸렬하고 말 것이다.

　'어쩌면…….'

　진검룡은 문득 떠오르는 생각이 있었다.

　'고명은 좀 더 위험한 생각을 하고 있는지도 모르겠군.'

第四十二章
경훈조 거듭나기

진검룡이 경혼조원들에게 당부한 말은 딱 한 가지다.

"내게서 오 장 이상 떨어지지 마라."

마침내 경혼조의 첫 전투가 시작됐다.

경혼조원 열네 명은 마치 어미 닭을 따르는 병아리들처럼 진검룡의 뒤를 졸졸 따라가서 어둠 속 논둑에 몸을 감췄다.

진원분타를 비롯한 다섯 개 조의 작전은 대충 이렇다.

야산 아래로 내려가 징강지부를 맞이해서 싸움을 벌이다가 불리해지면 지휘자가 명령하여 야산으로 물러난다.

그리고 그곳을 배수진 삼아서 절대로 물러나지 않고 결전을 벌이는 것이다.

야산은 엄폐물이 많고 또 곤명지부 휘하 분타에겐 익숙한 지형이므로 유리하다는 것이다.

그렇지만 그것은 계획이라기보다는 결사항전의 각오를 다지는 것에 불과했다.

하기야 지금 같은 상황에서 전력을 다해서 싸우라고 지시하는 것밖에 무슨 계획 같은 것이 있을 리가 없다.

다섯 개 분타 중에서 진원분타와 봉의분타가 제일선(第一線)에 배치됐다.

이유는 그들 두 개의 분타가 제일 약하다는 평가를 받고 있기 때문이다.

제이선(第二線)은 곡정(曲靖)분타와 난평(蘭平)분타고, 제삼선(第三線), 즉 가장 뒤쪽이 회택(會澤)분타다.

어느 분타가 강하고 어느 분타가 약한지 누가 분명하게 선을 그은 적은 없다.

하지만 지난 일 년여의 싸움으로 여덟 개 분타의 강약이 어느 정도 드러나 있는 상황이었다.

이곳에 남은 다섯 개 분타의 지휘자는 제삼선인 회택분타의 분타주다.

숭명, 무정, 쌍백분타처럼 회택분타도 곤명성과 가까운 거리에 있다.

회택분타가 진학현을 공격하는 데 고명에게 선택을 받지 못한 이유는 한 가지다.

회택분타가 숭명, 무정, 쌍백분타보다 곤명성으로부터 조금 더 멀리 떨어져 있으며, 평소에 곤명지부에 자주 얼굴을 내비치지 않았다는 것이다.

말하자면 고명은 평소에 얼굴을 잘 알고 있는, 즉 친한 분타주를 신임하고 있다는 것이다.

고명은 호탕한 대장부임에는 분명하지만, 용병(用兵)에 있어서만큼은 하수인 듯하다.

제일선의 진원분타와 봉의분타 이백팔십여 명은 일렬로 길게 논둑 아래에 바짝 엎드려서 적이 다가오기를 기다리고 있는 중이다.

이 두 개 분타의 지휘자는 강무교다. 진원분타의 무사 수가 봉의분타보다 두 배 이상 많기 때문이다.

경혼조는 진원분타 흑룡당 네 개 조의 한가운데에 배치를 받았다. 첫 싸움이기 때문에 당분간 흑룡당의 비호를 받으라는 강무교의 배려다.

강무교의 마음은 알지만, 일단 싸움이 벌어지면 누가 누굴 비호하고 자시고 할 겨를이 없다. 그저 눈에 불을 켜고서 적을 죽일 뿐이다.

진검룡은 경혼조 열네 명을 세 명씩 네 개 소조(小組)로 묶어주었다.

훈용강과 조제, 동풍을 한 개 소조로, 낭랑과 와평, 장관웅이 또 한 개 소조이고, 사도풍과 증혜, 고선이 세 번째 소조,

그리고 부상쾌와 주소영, 도록을 소조로 묶었다.

훈용강과 낭랑, 사도풍, 부상쾌는 경혼조에서 가장 뛰어나기 때문에 그들을 소조장(小組長)으로 삼은 것이다.

그리고 가장 약한 무악과 미미는 진검룡 자신이 직접 이끌기로 했다.

무악과 미미는 극도로 긴장하고 있다가 진검룡이 자신들의 소조장이 되자 크게 안도하는 표정을 지었다.

경혼조원 모두들 긴장하는 기색이 역력한데 부상쾌만 태연한 얼굴로 거무튀튀한 도 한 자루를 쓰다듬고 있었다.

발도산검파로 숙달된 경혼조원들이 모두 두 자루 이상의 무기를 지니고 있는 데 반해서 오직 부상쾌만 한 자루 도를 지니고 있었다.

이유는 단순하다. 자신의 애도(愛刀)를 사용하는 것이 익숙했기 때문이다.

"온다."

흑룡당 쪽에서 누군가 낮은 목소리로 속삭이자 경혼조원들의 몸이 더욱 낮아졌고 숨소리마저도 사라졌다.

적이 최대한 가까이 다가왔을 때 강무교가 명령을 내리면 진원무사와 봉의무사 이백팔십 명이 일시에 뛰쳐나가 급습하는 것이다.

바삭… 사삭…….

논둑 너머에서 풀잎 스치는 소리가 흐릿하게 들리기 시작하더니 점점 가까워졌다.

경혼조원은 모두들 논둑 아래에 개구리처럼 잔뜩 웅크린 채 턱을 치켜들고 논둑 위쪽을 쏘아보고 있었다.

단지 진검룡만 좌우에 미미와 무악을 데리고 세 걸음 뒤에 처져 있었다.

그래야지만 경혼조원 중에 누군가 위기에 처하더라도 제때에 도움을 줄 수가 있기 때문이다.

그때 고선이 힐끗 진검룡을 돌아보았다. 그녀의 얼굴은 새하얗게 질린 상태다. 불안감이 아니라 극도의 공포가 가득 떠올라 있었다.

진검룡은 그녀를 보는 순간 당장에라도 발작할 것이라는 사실을 직감했다.

지금 이 상황에서 그녀가 발작하면 전체를 위험에 빠뜨리게 될 것이다.

고선은 진검룡을 바라보면서 제발 도와달라는 간절한 표정을 보내고 있었다.

그녀는 얼마 전까지만 해도 자신의 최측근 호위무사였던 사도풍과 증혜를 좌우에 두고 있으면서도 전혀 안심이 되지 않는 모양이다.

그때 사도풍과 증혜가 급히 그녀의 양팔을 붙잡았다. 그러자 고선은 화들짝 놀라 앉은 자리에서 궁둥이가 펄쩍 뛰어올랐다. 그렇게 억지로 진정시켜서는 안 된다. 발작을 가중시킬

뿐이다.

진검룡이 가볍게 고개를 끄덕이자 그녀는 기다리고 있었다는 듯이 두 손과 무릎으로 번개같이 뽀르르 기어서 그에게 다가와 서슴없이 품에 안겼다.

쿵쿵쿵쿵.

진검룡의 어깨에 빰을 기대면서 가쁜 숨을 몰아쉬는 그녀의 심장박동 소리가 얼마나 큰지 무악과 미미에게도 들릴 정도였다.

진검룡은 고선의 공포를 충분히 이해하고 있었다. 그녀가 박투술을 웃으면서 할 수 있게 되었다고 해서 실전을 치를 준비가 됐다는 뜻은 아니다.

진검룡은 소조를 다시 구성해야만 했다. 그가 한꺼번에 세 사람을 돌보는 것은 번거롭다.

두 명일 경우에는 급할 때 양손으로 붙잡고 뛸 수도 있으나 세 명은 곤란하다.

억지로라도 그렇게 할 수는 있으나 그렇게 되면 경혼조원들을 도와주는 손길이 부족해질 것이다.

결국 그는 무악을 사도풍과 증혜에게 보냈다. 무악은 기특하게도 사부의 속마음을 헤아리고는 미소를 지으면서 재빨리 두 사람에게 기어갔다.

진검룡은 떨어지기는커녕 자꾸만 품속으로 더 파고드는 고선의 어깨를 쓰다듬으면서 그녀와 미미에게 전음으로 말해

주었다.

[선아, 미미야, 배운 대로만 하면 된다. 알았지?]

미미는 용기를 내서 다부진 표정으로 고개를 끄덕이는데 고선은 그의 품속에서 고개조차 들지 않았다.

그때 강무교의 우렁찬 외침이 고요한 밤공기를 뒤흔들었다.

"전원 공격하라—!"

그 순간 진원무사와 봉의무사 이백칠십여 명이 한꺼번에 몸을 솟구치면서 도검을 번뜩이며 논둑을 가득 메운 채 파도처럼 쏟아져 나갔다.

그런데 작은 문제가 생겼다. 경혼조 중에서는 훈용강과 부상쾌 두 사람만 용감하게 뛰쳐나갔을 뿐, 나머지는 꼼짝도 하지 않았다.

진원현에서 빈둥거리면서 잡일만 하던 사람들이 생전 처음 피가 튀고 잠깐 사이에 생사가 갈리는 싸움터 한복판에 내던져졌으니 당연한 일이었다.

오죽하면 천둥벌거숭이 낭랑마저도 두 눈을 부릅뜨고 양손에 짧은 검과 도를 움켜쥔 채 몸을 움찔거리면서 뛰쳐나가지 못하고 있었다.

논둑을 뛰쳐나간 진원무사와 봉의무사들은 이 장까지 접근하고 있는 징강지부 사파 무사들을 향해 저돌적으로 돌진하고 있었다.

징강지부 사파 무사들은 매복을 전혀 모르고 있었는지 크게 놀라며 전열이 와르르 흩어졌다.

뛰쳐나갔던 훈용강과 부상쾌는 멈칫하며 급히 뒤돌아보았다. 자신들의 소조원인 조제와 동풍, 그리고 주소영과 도록을 찾았으나 그들의 모습이 보이지 않자 일순 어이없다는 표정을 지었다.

그때 일어서 있던 진검룡이 아직 논둑 아래 엎드려 있는 경혼조원들을 보며 조용히 말했다.

"싸움이란 것은 너희가 매일 수련했던 박투술하고 별반 다를 것이 없다."

그 말은 경혼조원들의 마음을 크게 움직였다. 아니, 용기를 불어넣어 주었다.

그들이 매일 밥만 먹으면 했던 박투술이고, 나중에는 하루 중에서 제일 기다리던 일과가 박투술이었다.

진검룡은 경혼조원들을 재촉하지 않았다. 이런 상황에서는 억지로 등을 떠민다고 해서 될 일이 아니다.

스스로 싸울 용기가 나지 않는다면 뛰쳐나가 봐야 백전백패이기 때문이다.

경혼조원들은 천하의 그 무엇보다도 진검룡의 말이라면 아무리 엉터리라도 무조건 믿는다. 그가 '싸움이 박투술과 다를 게 없다'라고 말하면 그런 것이다.

"좋아! 까짓것! 나가서 싸우자구!"

그때 낭랑이 벌떡 일어서니까 다른 조원들도 따라서 우르 르 일어섰다.

그렇게 경혼조의 역사적인 첫 전투는 시작됐다.

경혼조원들이 진검룡이 거짓말을 했다는 사실을 알게 되는 데에는 그리 오래 걸리지 않았다. 싸움하고 박투술은 다른 것이 있었다.

경혼조원들끼리의 박투술은 심해봐야 머리가 터지는 정도 였는데, 싸움에서는 진짜로 사람이 죽었다.

또한 진검룡이 경혼조원들에게 미리 말해주지 않은 것이 하나 더 있었다.

실전에서의 박투술 실력은 놀라울 정도로 빠르게 발전한 다는 사실이다.

싸움이 시작된 지 반 시진쯤 지나자 경혼조원들은 웬만큼 두려움을 떨쳐 내게 되었다.

부상쾌를 제외하고 제일 먼저 적을 죽인 사람은 놀랍게도 주소영이었다.

그녀는 예전에 이미 몇 차례 사람을 죽여본 적이 있었고, 또 남랑곡에서 산적들을 여러 명 죽여봤기 때문에 살인에 대한 거부감이 별로 없었다.

단지 엄청난 규모의 전투라는 점이 그녀를 두렵게 만들었을 뿐이다. 하지만 그것을 극복하고 또 최초의 사파 무사 한 명의 심장을 찌르고 나니까 그때부터는 아무것도 두렵지 않았다.

주소영과 간발의 차이로 낭랑이 적 한 명의 목을 잘랐다. 적의 머리통이 피를 뿌리면서 풀 위에 떨어지자 주위에 있던 경혼조원들이 움찔 놀랐다.

그러나 낭랑은 입술이 비틀리며 잔인하게 미소 지었다. 그녀 역시 살인이 생소하지 않았다. 그때 이후부터 낭랑은 점차 살인마로 변해갔다.

경혼조원들이 많게는 대여섯 명, 적게는 두 명의 적을 죽이고 있을 때까지도 무악과 미미, 고선은 아직 한 명도 죽이지 못하고 있었다.

사도풍과 증혜는 무악을 제대로 호위하지 못했다. 아니, 하지 않았다.

그들은 사파 무사들보다 월등한 실력을 지니고 있으면서도 지나치게 몸을 사렸으며, 적을 죽이는 것보다는 자신들의 몸을 보호하는 데 더 많은 신경을 쓰고 있었다.

물론 둘은 발도산검파는 전혀 사용하지 않고 자신들의 검술을 전개했다.

그러므로 무악하고 셋이서 하나의 작은 검진을 만드는 것 자체가 이루어지지 않았다.

그런 상황이다 보니까 제대로 호위를 받지 못하는 무악은 적을 죽이기보다는 제 한 몸을 지키는 것에 급급했다.

"악아, 상쾌에게 가라."

상황을 간파한 진검룡의 지시에 무악은 한차례 적의 공격을 급급히 피하고 나서 재빨리 근처에 있는 부상쾌 소조로 뛰어가서 합류했다.

부상쾌는 발도산검파를 배운 지 닷새밖에 되지 않았으나 주소영, 도록과 함께 작은 소검진을 이루어 착실하게 싸우고 있었다.

그녀는 적을 죽이는 것보다 검진이 깨어지지 않도록 하는 것과 주소영과 도록을 호위하는 데 더 많은 신경을 썼다.

그 덕분에 주소영과 도록은 자신들의 호위를 부상쾌에게 맡긴 채 둘이 합심하여 적과 싸웠다.

무악이 합세하자 부상쾌는 즉시 사검진(四劍陣)으로 바꾸면서 말했다.

"주소영과 도록이 곤방(坤方)이 되고 이제부터는 나와 무악이 건방(乾方)이다."

주소영과 도록은 즉시 고개를 끄덕이고 좌우로 약간씩 이동하여 위치와 방향을 바꾸었다.

발도산검파의 검진은 방위의 가장 기본적인 팔괘(八卦)에 바탕을 두고 있다.

부상쾌는 닷새라는 짧은 시간 동안 발도산검파를 누구보다도 잘 이해한 것 같았다.

곤방은 방어고 건방은 공격이다. 그녀는 무악과 함께 공격에 나서려는 것이다.

콰차차차차차창!

"크아악!"

"으아악!"

야산 아래에서 삼백여 장 떨어진 논밭에서는 아비규환의 대혈전이 벌어지고 있었다.

천의맹 곤명지부 휘하 다섯 개 분타 중 제일선 이백팔십여 명과 정확한 수는 알 수 없으나 그보다 훨씬 많은 징강지부의 사파 무사들이 한데 뒤섞여서 치열한 싸움을 벌이고 있는 중이다.

징강지부 사파 무사들은 한결같이 회의경장을 입고 있으며, 곤명지부 휘하 무사들은 여러 가지 색의 경장을 입고 있으나 오직 회의경장만은 입지 않았다. 그래서 피아를 쉽게 구별할 수가 있었다.

처음에 곤명지부 다섯 개 분타의 무사들은 제일선과 이선, 삼선으로 삼 열(三列)을 이루고 있었으며, 지금도 그 형태는 그대로 유지하고 있는 중이었다.

그 말은 곧 제일선인 진원분타와 봉의분타만 징강지부 사파 무사들하고 싸우고 있으며, 이선과 삼선의 곡정, 난평, 회택분타는 뒷전에서 지켜보고 있을 뿐 싸움에 가담하지 않고 있다는 뜻이다.

그것은 징강지부도 마찬가지였다. 그들 역시 몇 개의 전열로 나누어서 배치한 상황인데 그중 제일선이 나와서 싸우고 있으며, 나머지는 뒤쪽에서 지켜보고 있었다.

그런데 곤명지부와 징강지부가 각각 맨 먼저 내놓은 제일선은 수에서 많은 차이가 났다.

진검룡이 둘러보니까 현재 싸우고 있는 징강지부의 사파 무사 수는 대략 천여 명에 달했다.

진원분타와 봉의분타는 이백팔십여 명이니까 무려 세 배가 훨씬 넘는 수다.

제아무리 정파 무사들이 강하다고 해도 세 배가 넘는 사파 무사들을 상대로 싸우는 것은 절대 무리다. 이것은 패배를 전제로 하는 싸움이나 다를 바가 없었다.

징강지부는 전체 이천오백여 명 중에서 제일선으로 천여 명을 내보내지는 않았을 것이다.

그것은 징강지부 지휘자가 멍청이일 때만 가능하다. 최소한 총전력의 삼 할 정도를 제일선으로 내보내는 것이 싸움의 상식이다.

어쩌면 이천오백 중에서 곤명지부의 예봉(銳鋒)을 꺾기 위해서 대거 천 명을 내보냈을 수도 있다.

하지만 만약 그게 아니라면, 현재 징강지부의 제이선 이하 남아 있는 수는 이천 명 이상이라는 얘기다. 그것은 징강지부 총원이 이천오백여 명일 것이라는 이쪽의 예상을 훨씬 뛰어

넘는 수다.

이곳은 평지라서 징강지부의 뒤쪽이 보이지 않는다. 뒤에 남아 있는 수를 알면 그들의 계획도 짐작할 수 있을 터이다.

진검룡은 곤명지부의 제이선과 제삼선 쪽을 쳐다보았다. 논둑 위에 숨어 있기 때문에 어둠만 짙게 깔려 있을 뿐 아무 것도 보이지 않았다.

제일선 진원분타와 봉의분타는 거의 이성을 잃은 상태에서 싸우고 있는 중이었다.

경혼조도 별반 다르지 않았다. 그들은 박투술을 수련하는 것보다 진짜 싸움이 더 실감과 쾌감이 넘친다는 사실을 깨달은 듯 좌충우돌하며 적과 싸우고 있었다.

그나마 한 가지 다행스런 일은 경혼조원들이 세 명 혹은 네 명의 소검진을 깨뜨리지 않고 있다는 사실이었다.

진검룡은 무악을 찾아보았다. 그런데 잠깐 보지 못한 사이에 무악의 표정이 변해 있었다.

얼굴은 극도의 긴장으로 터질 듯이 팽팽하고 두 눈에선 기이한 안광이 뿜어지고 있었다.

살기(殺氣)와 극도의 흥분이 뒤범벅된 눈빛이다. 마침내 무악은 첫 살인을 성공한 모양이다. 그는 또 다른 먹잇감을 찾아서 부지런히 움직이고 있었다.

"앗!"

그때 낯익은 비명 소리가 들렸다. 진검룡이 재빨리 쳐다보니 낭랑이 뒤쪽의 적에게 공격을 당한 듯 일그러진 얼굴로 뒤돌아보고 있었다. 지나치게 공격 일변도로 나가다가 허를 찔린 것이다.

그런데 하필이면 그녀는 지난번에 다쳤던 부위 바로 옆을 찔렸다.

즉, 지난번에는 오른쪽 궁둥이 아래쪽을 찔렸었는데 지금은 똑같은 부위지만 왼쪽을 찔린 것이다.

"이 개자식아! 어딜 찔러!"

부악!

낭랑은 눈에서 불꽃을 뿜으면서 맹렬히 뒤쪽으로 도를 뿌리듯이 휘둘렀다.

"크악!"

검으로 그녀의 궁둥이를 찌른 불운한 사파 무사는 허리가 무처럼 뎅겅 잘라졌다.

낭랑은 궁둥이와 하체가 시뻘겋게 물드는 것도 모르는 듯 한 번 찔리고 나서는 더욱 기세등등해서 이리 뛰고 저리 뛰어다녔다.

경혼조 네 개의 소조는 진검룡을 중심으로 원을 형성한 채 싸우고 있는 중이다.

그런 대형을 짠 이유는 진검룡이 경혼조원들을 좀 더 쉽게 관리할 수 있고 또 미미와 고선을 보호하기 위해서였다.

그 덕분에 아직까지는 경혼조원들에게 별다른 위험이 일

어나지 않았다. 낭랑이 왼쪽 궁둥이 아래를 찔린 것을 제외하고는.

진검룡은 빠르게 주위를 둘러보았다. 좌측 오 장 거리에 비룡당주가 치열하게 싸우고 있는 모습이 보였다. 그 너머에 강무교도 보였으나 거리가 십오륙 장으로 너무 멀었다.

"잠시 다녀오마."

진검룡은 미미와 고선에게 말하고 즉시 검진을 빠져나왔다.

그의 말이 끝나자마자 미미와 고선의 얼굴에 두려움이 가득 떠오르는 것을 발견했으나 지금은 곤명지부 다섯 개 분타의 사활이 걸려 있으니 어쩔 수가 없었다.

진검룡은 오른손에 검을 쥐고 있었으나 이 싸움이 시작된 이후 아직 한 명의 적도 죽이지 않은 상태다. 적에게 자비를 베풀려는 것이 아니라 적을 죽일 기회가 없었다.

그러나 경혼조 검진을 빠져나오자 기다렸다는 듯이 사방에서 적의 공격이 퍼부어졌다.

하지만 그는 쳐다보지도 않고 전후좌우로 가볍게 검을 떨치면서 계속 전진했다.

단지 그것만으로 네 명의 사파 무사가 피를 뿌리면서 쓰러졌다가 곧 숨이 끊어졌다.

진검룡은 비룡당주 옆에 당도하기까지 여섯 명의 적을 더 죽였다.

그는 단지 자신을 공격하는 기척만 감지한 상태에서 검을 휘둘렀을 뿐인데 적들은 하나같이 급소를 찔리거나 베어서 즉사했다.

누군가 그 광경을 봤다면 기절초풍하고 말 것이다. 그런데 그 누군가가 한 명 있었다. 바로 부상쾌다.

그녀는 진검룡이 갑자기 검진을 빠져나가는 광경을 우연히 발견했다. 그래서 그가 어딜 가는 것인가 궁금해서 힐끗 쳐다봤을 뿐이다.

아주 잠깐 쳐다봤을 뿐인데, 그사이에 진검룡은 적 열 명을 처치하고 순식간에 비룡당주 옆에 도달한 것이다.

'조장, 굉장하구나……'

창!

"뭐 해, 상쾌!"

그때 주소영이 날카롭게 외치는 소리에 부상쾌는 급히 진검룡에게서 시선을 거두었다.

적 한 명이 부상쾌를 공격하는 것을 주소영이 도를 들어 물리치고 있었다.

그 바람에 소검진이 흐트러져서 무악이 위험지경에 놓이게 되었다.

팍!

부상쾌는 도를 휘둘러 주소영의 도에 주춤 물러나고 있는 적의 정수리를 쪼개면서 제자리를 잡았다.

"조심해!"

주소영이 양손으로 날카롭게 도검을 휘두르면서 부상쾌를 꾸짖었다.

그러나 부상쾌는 묵묵히 적을 상대로 도를 휘두르기만 할 뿐 대꾸하지 않았다.

원래 그녀는 과묵한 성격이지만 지금은 머릿속에 진검룡에 대한 생각으로 가득 차서 주소영의 말에 대꾸할 겨를이 없었다.

주소영은 부상쾌를 한차례 힐끗 쏘아볼 뿐 부지런히 양손의 도검을 휘둘렀다.

그녀는 허리에 연검을 차고 있었지만 아직 숙달되지 않았기 때문에 평범한 도검을 사용하고 있었다.

"할 말이 있소."

느닷없이 나타난 진검룡이 자신의 어깨에 어깨를 맞대면서 말을 건네자 비룡당주는 움찔 가볍게 표정이 변해서 그를 쳐다보았다.

도대체 진검룡이 언제 어디에서 나타났는지 비룡당주로선 알 수가 없었다.

그러나 만약 그가 적이었으면 비룡당주는 이미 죽은 목숨이나 다름이 없었다.

"징강지부 본진이 몇 명인지 아시오?"

"모른다."

진검룡의 물음에 비룡당주는 세 명의 적을 한꺼번에 상대하면서 차갑게 대꾸했다.

슈슈슉!

진검룡은 전면과 좌우로 현란하게 검을 휘둘러 십여 명을 한꺼번에 뒤로 물러나게 하고서 말했다.

"우리가 생각하고 있는 것보다 훨씬 많은 것 같소."

비룡당주의 얼굴에 방금 전보다 조금 더 놀라는 표정이 떠올랐다.

진검룡의 말 때문이 아니라 그가 일 초식에 십여 명의 적을 대수롭지 않게 물리친 것 때문이다.

"내 생각이 맞다면 우린 함정에 빠진 것이오."

비룡당주는 동작을 멈추고 진검룡을 쳐다보았다. 그는 여전히 방금 전 진검룡의 행동 때문에 놀라고 있었다.

그 사실을 간파한 진검룡은 나직이 꾸짖었다.

"정신 차리시오."

그는 물러났던 적들이 다시 공격하는 것을 방어하며 빠른 어조로 말했다.

"전부 몰살시키고 싶소?"

"……."

비룡당주는 진검룡이 보여준 놀라운 무술 실력과 그가 한 말의 내용 사이에서 잠시 방황하는 듯하다가 긴장한 얼굴로 물었다.

"어떻게 하면 좋겠나?"

진검룡은 다시 원래의 자리로 돌아왔다. 그런데 그가 떠날 때하고는 상황이 많이 달라져 있었다.

그가 떠날 때까지만 해도 튼튼했던 경혼조의 검진이 깨져 있었다.

그리고 경혼조원 열네 명은 여기저기 흩어진 상태로 치열 하게 싸우고 있었는데, 진원무사나 봉의무사들처럼 마구잡이 로 싸우고 있는 광경이었다.

그나마 경혼조원들을 지탱해 준 것이 검진인데 그것이 깨 지고 말았으니 당연한 결과다.

검진이 깨진 상태에서의 그들은 진원무사나 봉의무사하고 다를 바가 없는 듯이 보였다.

검진이 깨진 이유는 의외로 간단했다. 경혼조원들이 진검 룡이 사라진 것을 알아차렸기 때문이다.

그동안 진검룡은 검진 안에서 아무것도 하지 않고 경혼조 원들을 지켜보기만 했었다.

검진이 잘 돌아가고 있기 때문에 주의를 줄 필요가 없었던 것이다.

그런데 경혼조원들은 그가 없어졌다는 사실만으로 의지할 곳을 잃고 마음이 크게 흔들려 순식간에 검진이 스스로 깨지 고 만 것이다.

그것만 봐도 경혼조원들이 진검룡을 얼마나 믿고 따르는지 잘 알 수가 있었다.

진검룡은 재빨리 한차례 훑어보고 경혼조원들의 위치를 파악하고는 제일 먼저 고선과 미미에게 달려갔다.

아니, 달려가려다가 뚝 멈추었다.

고선과 미미는 서로 등을 맞댄 자세로 각기 한 명씩의 적을 상대로 치열하게 전력을 다해서 싸우고 있었다.

그런데 다행히 그녀들이 상대하고 있는 사파 무사는 그다지 강해 보이지 않았다.

그래서 다른 사파 무사가 끼어들지 않는 한 진검룡은 잠시 지켜보는 것이 좋겠다고 생각했다.

만약 그녀들이 이 싸움을 잘 버텨낸다면 한층 발전할 것이기 때문이다.

고선에 비해서 미미는 제법 잘 싸우고 있었다. 그래도 그녀는 꽤 오랫동안 진검룡과 숙식을 함께하면서 직접 가르침을 받았기 때문이다.

또한 미미의 얼굴에서 점차 두려움이 사라지더니 대신 입술을 힘껏 깨무는 결연한 표정이 떠올랐다.

그때 갑자기 미미가 재빨리 오른손의 도를 어깨에 꽂고는 검을 오른손으로 바꿔서 잡았다.

이어서 오른손의 검으로 발도산검파를 맹렬히 전개하여 사파 무사에게 퍼부었다.

사파 무사는 갑작스런 미미의 맹공을 막느라 정신을 못 차리며 주춤거렸다.

그 순간 미미의 왼손이 재빨리 뻗어 나가는가 싶더니 사파 무사의 팔뚝을 가볍게 움켜잡았다. 아니, 할퀴듯이 슬쩍 비틀었다.

뚜둑!

"흐윽!"

사파 무사는 도를 쥐고 있는 오른팔이 획 밖으로 꺾이자 고통스러운 신음을 터뜨렸다. 팔이 밖으로 꺾였다는 것은 부러졌다는 뜻이다.

방금 그 수법은 미미가 그동안 밤잠을 잊으면서 피나는 수련을 했던 금나수법 환영탐기였다.

팍!

그 순간 미미의 검이 비틀거리는 사파 무사의 심장을 깊숙이 찔렀다.

"크악!"

사파 무사는 자신의 가슴에 꽂힌 검을 왼손으로 움켜잡고 처절한 비명을 터뜨렸다.

"아악!"

태어나서 처음으로 사람의 심장을 찌른 미미는 혼비백산해서 사파 무사보다 더 큰 소리로 비명을 지르며 다급히 검을 뽑았다.

푸악!

순간 사파 무사의 심장에서 분수처럼 확 뿜어진 피가 고스란히 미미를 덮쳤다.

"꺄악!"

따뜻한 액체, 그리고 확 끼치는 피비린내에 놀라서 그녀는 또다시 비명을 지르며 급히 뒤로 주춤주춤 물러나다가 등이 고선의 등에 부딪치고 말았다.

"앗!"

한 명의 사파 무사와 대등하게 사력을 다해서 싸우던 고선은 그 바람에 넘어질 듯이 앞으로 돌진했다.

사실 고선은 무술에 천부적인 소질을 타고났다. 그러나 천부적인 것은 그것뿐만이 아니다. 허약한 체질과 두려움까지도 천부적으로 함께 타고났다.

생전 무술을 배운 적이 없으니까 자신이 천부적인 소질이 있는지를 전혀 몰랐었다.

그러나 허약한 체질과 두려움은 진작부터 알고 있어서 그것을 감추려고 정도 이상으로 오만하고 난폭한 짓을 일삼았던 그녀다.

방금 전까지만 해도 그녀는 지나친 두려움 때문에 제자리에서 꼼짝도 하지 못한 채 수중의 도검만 미친 듯이 휘두르고 있었다.

싸움이란 절대로 제자리에서만 할 수 없는 것이다. 전후좌우로 기민하게 움직이면서 공수(攻守)를 병행해야만 한다.

그녀는 상대 사파 무사보다 조금 더 나은 실력을 갖고 있으면서도, 또한 공격할 기회가 여러 차례 있었는데도 불구하고 제자리에 버티고 있었기 때문에 오히려 수세에 몰리고 있는 형편이었다.

그런데 미미가 등에 세차게 부딪치는 바람에 전혀 본의 아니게 쓰러질 듯이 앞으로 튀어 나가게 되었다.

"......!"

여태까지 일정한 거리를 두고 싸웠던 사파 무사의 모습이 순식간에 크게 확산되자 그녀는 기절할 정도로 경악했다.

그러나 그녀보다 더 놀란 것은 그녀가 상대하던 사파 무사다. 잔뜩 겁먹은 듯이 한껏 몸을 움츠린 자세로 도검을 휘두르던 그녀가 느닷없이 온몸을 날려서 덮쳐 오니 어찌 놀라지 않겠는가.

공포가 절정에 달한 바로 그 순간 고선은 한 가지 사실을 깨달았다.

'허점이 잘 보인다!'

가까이에서 보니까 적의 허점이 아주 잘 보인다는 사실이다.

그것도 한두 개가 아닌 무려 십여 개다.

이렇게 가까운 곳에서, 그리고 십여 개나 되는 허점들 중의 하나를 찌르지 못한다면 내가 죽어야 한다는 생각이 들었다.

"이야아압—!"

순간 그녀는 비단을 찢는 듯한 날카롭고도 높은 기합을 터뜨리면서 발작하듯이 양손의 도검을 미친 듯이 휘둘렀다.

파파파파팍!

다음 순간 그녀는 양손으로 매우 묵직한 충격이 전해지는 것을 생생하게 느꼈다.

그리고 그녀는 완전히 너덜너덜해진 모습으로 우두커니 서 있는 사파 무사의 모습을 발견했다.

그녀는 자신의 눈에 크게 확대되어 보인 사파 무사의 허점들을 공격했을 뿐이다.

"하악! 하악! 하악!"

고선은 두 팔을 늘어뜨린 채 가쁜 숨을 몰아쉬며 사파 무사를 쳐다보았다.

그때 그녀는 보았다, 사파 무사의 눈빛을. 그 눈빛은 이렇게 말하는 듯했다. '꼭 이런 식으로 죽여야만 하느냐?'

파파파아아…….

사파 무사는 온몸에서 피를 확 뿜으며 뒤로 넘어갔다.

"주, 죽였다……."

그녀는 사파 무사의 피를 온몸에 뒤집어쓰는 것도 모르는 채 부들부들 떨면서 뒤로 주춤주춤 물러났다.

턱!

"악!"

"꺄!"

그러다가 또다시 등이 부딪친 고선과 미미는 똑같이 비명을 지르며 다급히 돌아서며 공격하려고 했다.

"악!"

"꺄!"

그 순간 서로 시뻘건 피를 뒤집어쓴 혈귀 같은 모습을 발견하고는 재차 찢어지는 비명을 질렀다.

"서, 선 언니?"

"미… 미?"

두 여자는 서로를 알아보고는 잠시 멍한 표정을 짓더니 갑자기 새빨간 얼굴에 흰 이를 드러내며 섬뜩하게 웃었다.

"<u>흐흐흐</u>… 나 드디어 적을 죽였어요."

"<u>크흐흐흐</u>… 나는 잘게 썰어서 죽였어."

第四十三章
위대한 조장

大中原

진검룡은 검진의 형태를 변형시켰다.

원래는 세 명 혹은 네 명이 소검진을 형성했었는데, 이제는 진검룡을 비롯한 열다섯 명 전체가 검진을 이루는 것이다.

열다섯 명이 둥글게 원을 형성하여 아주 느릿하게 오른쪽으로 회전하면서 누군가 한 명이 적을 공격하면 좌우의 두 명은 대신 방어를 해준다.

즉, 공격을 하는 한 명은 방어할 필요 없이 무조건 공격만 하면 되는 것이다.

또한 좌우의 두 명이 적 한 명을 교란하면, 가운데 한 명이 허점을 노리고 공격을 퍼부어 적을 죽이기도 한다.

공격자와 방어자가 정해져 있는 것은 아니다. 누군가 공격할 기미를 보이면 그 즉시 좌우의 두 사람은 방어자가 된다.

그것은 오랫동안 박투술과 발도산검파, 그리고 검진으로 잘 수련된 경혼조원들이기에 가능한 동작이다.

그러다가 진검룡이 신호를 보내면 회전하고 있는 원의 한쪽이 빠르게 벌어지면서 두세 명의 적을 집어삼킨다. 직후 원 안에 갇혀 버린 적이 어떤 신세가 될지는 뻔한 일이다.

이즈음 경혼조원들은 아무도 싸움을 두려워하거나 몸을 사리는 사람이 없게 되었다.

오히려 말리지 않으면 검진을 제멋대로 이탈해서 사고를 칠까 봐 염려스러울 정도로 싸우는 것에 신바람이 났다.

그중에서도 고선과 미미는 진검룡이 이미 몇 번이나 주의를 주었는데도 불구하고 틈만 나면 고래고래 악을 쓰면서 적들에게 돌진했다.

진원분타와 봉의분타 중에서도 경혼조의 활약이 단연코 돋보였다.

시간이 흐를수록 각 조들은 크든 작든 피해를 입고 있었는데 경혼조만은 오히려 더 팔팔했다.

이런 상황에서의 적들이 대처하는 방법은 두 가지다. 경혼조를 피하거나, 아니면 부수는 것이다.

사파 무사들은 경혼조와 싸우는 것을 꺼렸지만, 징강지부 우두머리는 눈엣가시 같은 경혼조를 부수는 쪽을 택했다.

원래 못이 튀어나오면 망치를 맞는 법이다. 경혼조가 그 꼴이 됐다.

징강지부 우두머리의 명령에 따라 경혼조 열다섯 명에 무려 백여 명의 사파 무사들이 겹겹이 포위를 하더니 맹공을 퍼부어댔다.

그러자 한동안 거칠 것 없이 기세등등하던 경혼조의 검진이 위축되기 시작했다.

고선과 미미도 뒤로 밀리면서 더 이상 고래고래 악을 쓰지 못했다.

처음에 진검룡은 될 수 있는 한 이 싸움에 깊이 관여하지 않고 단지 일개 평범한 조장 정도의 역할만 하기로 마음먹었었다.

하지만 상황이 이렇게 전개되고 있으니 지켜보고만 있을 수가 없었다. 그가 수수방관하면 경혼조원들이 죽거나 다치게 될 터이다.

그렇다고 검을 들고 펄펄 날면서 진짜 실력을 발휘할 수는 없는 노릇이다.

그는 슬쩍 그 자리에 주저앉았다가 왼손으로 한 움큼의 풀을 뜯었다.

차차차차창!

"물러서지 마라!"

"밥통들! 공격하란 말이다!"

경혼조원들이 다들 방어하면서 물러나자 훈용강과 부상쾌는 버티려고 기를 쓰면서 외쳐 댔다.

그때 진검룡의 왼손 중지가 구부러졌다가 빠르게 튕겨졌다.

핏!

순간 그의 중지에 얹혀 있던 풀잎 하나가 번갯불처럼 빠르게 일직선으로 쏘아 나갔다.

풀잎은 훈용강의 겨드랑이 사이로 스쳐 지나 그 앞에서 공격하던 사파 무사의 명치 속으로 파고들었다.

사파 무사가 신음조차 지르지 못하고 멈칫하는 사이에 훈용강의 도가 정수리를 쪼갰다.

진검룡은 연이어 십여 개의 풀잎을 한 바퀴 빙 돌아가면서 쏘아냈다.

이른바 나뭇잎이나 꽃잎을 따서 쇠붙이 암기처럼 날려 적을 살상한다는 적엽비화(摘葉飛花)의 수법이다.

소림사나 무당파 등 불가나 도가의 명숙들이나 전개할 수 있다는 초상승 수법이 지금 진검룡의 손에서 펼쳐지고 있는 것이다.

한 움큼의 풀잎을 손안에서 잘게 부수니 그 수가 무한정으로 불어났다. 그는 세 호흡 동안에 무려 삼십여 개의 풀잎을 발출했으며, 단 하나도 빗나가지 않고 사파 무사의 급소에 적중했다.

물론 적엽비화 수법에 적중당한 사파 무사들은 하나같이 경혼조원들의 도검에 피를 뿌리고 죽어갔다.

죽어간 사파 무사들도, 죽이는 경혼조원들도, 그리고 그 광경을 보고 있는 모든 사람들도 진실을 알지 못했다.

진실은 오직 진검룡만 알고 있을 뿐이다.

순식간에 삼십여 명을 잃은 사파 무사들은 주춤거리면서 감히 경혼조를 공격하지 못했다.

그 기회를 놓칠 경혼조가 아니다. 경혼조원들은 느닷없이 검진을 확산시키면서 굶주린 늑대처럼 사파 무사들을 향해 공격해 갔다.

조금 전까지만 해도 겁을 먹고 물러서던 고선은 또다시 대갈통을 쪼개서 뇌수를 홀홀 마시느니 어쩌니 악을 써대며 도검을 휘둘렀다.

그때 문득 진검룡은 비룡당주가 왼쪽 칠팔 장 거리에서 이쪽으로 오고 있는 것을 발견했다.

아까 그 일 때문에 할 말이 있어서 오는 것 같은데 거치적거리는 사파 무사들 때문에 쉽지 않은 듯했다.

저런 상태라면 무사히 진검룡이 있는 곳까지 도착하는 데 최소한 일각 이상은 걸릴 것 같았다.

필경 그가 전하려는 내용이 촌각을 다투는 것일 텐데 여기까지 오느라 시간을 허비한다면, 무슨 내용인지는 몰라도 사후약방문(死後藥方文)이 될 가능성이 컸다.

그렇다고 진검룡이 그에게 무슨 일이냐고 전음입밀 수법으로 물어볼 수도 없고, 경혼조를 놔두고 비룡당주에게 갈 수도 없는 상황이었다.

그때 비룡당주가 이쪽을 쳐다보다가 진검룡과 시선이 마주쳤다.

그 순간 진검룡은 기지를 발휘했다. 비룡당주를 쳐다보면서 입 모양을 '왜?'라고 해 보였다.

그러자 비룡당주는 즉시 진검룡의 의도를 알아차리고 그 자리에서 사파 무사들을 상대하면서 일부러 입 모양을 크게 하면서 말을 했다.

"진 조장 예상이 맞았다. 이곳에 있는 놈들의 수는 사천이 넘는다."

사람이란 입만 벙긋벙긋하더라도 약간의 말소리를 흘려내게 마련이다.

진검룡은 눈으로는 비룡당주의 입 모양을 보면서 귀로는 그의 말을 들어 종합했다.

그런데 비룡당주가 전해준 말의 내용이 놀랍다. 이곳에 있는 징강지부 사파 무사 총원이 사천 명이 넘는다는 것이다.

비룡당주는 아까 진검룡의 말을 듣고 그 즉시 날쌘 수하 몇 명에게 싸움터에서 빠져나가 징강지부 뒤쪽으로 가서 놈들의 수를 헤아려 오라고 명령했었다.

비룡당주가 다시 입을 벙긋거렸다. 그런데 그 말은 더 놀라운 내용이다.

"그 사실을 전해 들은 회택분타주는 무슨 일이 있어도 이 곳을 사수하라고 명령했다."

비룡당주의 보고를 받은 강무교는 회택분타주에게 보고하고 의논했을 것이다.

그런데 그 결과가 다섯 개 분타 구백오십여 명, 아니, 반 시진 동안의 싸움에서 최소 오십여 명은 죽거나 중상을 입었을 테니, 고작 구백여 명으로 사천 명을 상대하여 이곳을 사수하라는 것이다.

구백여 명이 사천여 명과 동귀어진(同歸於盡)을 한다고 해도 하책(下策)일진대, 구백여 명이 다 죽는다고 해도 적의 절반도 죽이지 못할 것이다.

아니, 운이 좋아서 절반을 죽였다고 하자. 그렇더라도 적의 나머지 절반 이천여 명이 남을 테니까 결과적으로 그들의 승리다.

대체 무엇을 위한 싸움이란 말인가. 목적없는 싸움이란 존재하지 않는다. 그런데도 회택분타주는 그런 싸움을 하라고 명령했다.

혹시 그는 이곳의 구백여 명이 목숨을 버리고 있는 동안에 뇌격전주 고명과 그가 이끄는 세 개 분타가 진학현을 급습하여 성공하기를 바라고 있는지도 모른다.

그렇다면 그는 한 치 앞조차 내다보지 못하는 눈뜬장님이 분명하다.

고명이 이끄는 수하라고 해봐야 고작 오백오십 명이다. 그 수로 진학현을 급습하여 장악한다고 해봐야 이곳에서 살아남은 이천 명이 진학현에 들이닥친다면 도대체 어떻게 할 텐가. 방금 장악한 진학현을 버리고 도망치는 수밖에는 없을 것이다.

비룡당주의 입이 마지막으로 벙긋거렸다.

"분타주께서 자넬 부르신다."

진검룡은 손을 휘저어 보이며 갈 수 없다는 신호를 보냈다.

지금 그가 이곳을 벗어나면 징강지부의 표적이 된 경혼조는 전멸하고 말 것이다.

"지금 당장 후퇴 명령을 내리시오!"

우뚝 선 강무교는 자신의 앞에 느긋하게 앉아 있는 회택분타주에게 강경하게 요구했다.

그러나 회택분타주는 턱에 난 까칠한 수염을 쓰다듬으며 꿈쩍도 하지 않았다.

"안 되오. 무조건 이곳을 사수하라는 뇌격전주의 명령을 잊었소?"

"적의 수가 무려 사천이라고 말했잖소! 이대로 놔두면 모두 전멸하고 말 것이오!"

강무교는 목과 이마에 핏대를 세우며 소리쳤다.

"곧 제이선과 삼선도 공격에 가담할 것이오."

회택분타주의 그 말은 제이선과 삼선도 일선과 함께 죽음으로 몰아넣자는 것이나 다름이 없다.

지금 강무교는 비룡당주만을 데리고 제삼선의 회택분타주에게 달려와서 후퇴를 요구하고 있는 것이다.

이 일을 진검룡과 의논하고 싶었으나 그가 올 수 없는 처지라서 결국 강무교 혼자 회택분타주를 찾아왔다.

그는 이곳으로 오면서 제이선의 곡정, 난평분타주도 함께 데리고 왔다.

그리고 오는 동안에 그들에게 짧고 간략하게 지금의 상황을 설명해 주었다.

곡정, 난평분타주는 강무교 좌우에 나누어 서서 굳은 표정으로 강무교를 지원하고 있었다.

"염 분타주, 만약 강 분타주의 말이 사실이라면 지금 당장 후퇴해야 하오."

"그러니까 강 분타주의 말은 만약이란 말이오, 만약."

난평분타주의 말에 회택분타주 염기풍(廉祈豊)은 완고한 얼굴로 되받아쳤다.

"적의 수가 사천이라는 것을 누가 믿소?"

"내가 확인했소."

강무교 뒤쪽의 비룡당주가 옆으로 한 걸음 비켜서서 염기풍을 쏘아보며 굳은 얼굴로 말했다.

"자네가 직접 봤나?"

"수하들이 확인했소."

"그것 보게. 자네가 직접 본 것은 아니잖은가."

염기풍은 교묘한 말로 비룡당주의 입을 막았다.

강무교는 어금니를 악물었다.

"마지막으로 말하겠소. 당장 전원 후퇴시키시오."

염기풍은 앉은 채 시선을 격전장으로 던지며 하품을 했다.

"흐아암. 몇 번을 말해도 소용없소. 나는 뇌격전주께서 명령하신 대로 따를 뿐이오."

차앙!

순간 맑은 쇳소리가 허공을 울렸다.

척!

강무교는 빠른 솜씨로 검을 뽑아 검첨으로 염기풍의 목을 겨누었다.

"무… 슨 짓인가?"

염기풍은 움찔 놀라 더듬거렸다.

파파팍!

강무교는 대꾸하지 않고 왼손을 뻗어 염기풍의 마혈과 아혈을 동시에 제압했다.

염기풍은 뻣뻣하게 굳어서 눈알만 데룩데룩 굴리며 강무교를 쏘아보았다.

곡정, 난평분타주는 흠칫 놀랐으나 곧 어쩔 수 없다는 표정을 지었다.

그들은 평소 강무교의 성품을 잘 알고 있기 때문에 그가 하는 말을 믿었다.

주위에 있던 회택분타 무사들도 너무도 갑작스럽게 일어난 일이라서 크게 놀라는 표정을 지었다.

그때 강무교는 모두를 쳐다보며 비장한 표정으로 말했다.

"모든 책임은 내가 지겠다."

이곳에 있던 사람들은 지금껏 무슨 상황이 벌어졌는지 잘 알고 있었기에 강무교의 심정과 현재의 생황에 대해서 잘 알고 있었다.

강무교는 곡정, 난평분타주를 돌아보며 간곡하게 말했다.

"두 분, 어서 후퇴 명령을 내려주시오."

마침내 곤명지부 다섯 개 분타에 후퇴 명령이 떨어졌다.

처음부터 아예 싸움에 참가하지 않았던 제삼선과 이선이 야산으로 물러나고, 그 뒤를 따라 제일선이 물러났다.

그런데 공교로운 일이 일어났다. 곤명지부의 후퇴 명령과 징강지부의 총공격 명령이 동시에 실행된 것이다.

징강지부는 고명이 진학현을 급습하러 갔다는 사실을 모르고 있었다.

그래서 그들은 이곳에서 곤명지부 천오백여 명을 일거에 전멸시킬 기회를 노리고 있다가 마침내 총공격 명령을 내린 것이다.

쏴아아아—

징강지부 사천여 명이 풀을 밟고 스치면서 한꺼번에 몰려오는 소리가 마치 파도 소리처럼 울려 퍼졌다.

제일선 진원분타와 봉의분타의 생존자는 이백이십여 명이었다. 처음 이백팔십여 명에서 육십여 명이나 죽었다.

오늘의 싸움, 아니, 전투는 예전 어느 때보다 훨씬 치열했기에 곤명지부나 징강지부 쌍방 다 희생이 컸다.

징강지부는 백삼십 명이 죽었다. 곤명지부보다 두 배 이상의 손실이다.

그렇다고 해도 현재 남아 있는 수는 징강지부가 압도적으로 많다. 이 싸움은 해보나 마나다.

진검룡은 후퇴할지 모른다고 생각했기 때문에 경혼조를 조금씩 뒤쪽으로 이동시키면서 싸우게 했었다.

그 덕분에 후퇴 명령이 떨어졌을 때 경혼조는 뒤돌아서 제일 먼저 야산으로 뛰어오를 수 있었다.

그러나 후퇴 명령은 야산까지 물러나는 것이 아니라 이 지역에서 완전히 철수하는 것을 뜻했다.

"서둘러라! 정혈현(로頁縣)까지 후퇴한다!"

"죽을힘을 다해서 달려라! 낙오하면 버리고 간다!"

"산 뒤편의 호수를 따라 계속 북상한다!"

야산 꼭대기에서 강무교와 봉의, 곡정, 난평분타주가 고래

고래 악을 쓰며 곤명지부 무사들을 독려하고 있었다.

경혼조는 제일선의 선두에서 야산을 달려 올라가고 있으므로 징강지부에게 덜미가 잡힐 염려는 없었다.

"조장! 소영이 안 보여!"

그때 저만치에서 낭랑이 주위를 두리번거리면서 다급하게 소리쳤다.

진검룡은 양손으로 미미와 고선의 허리를 안고 야산을 오르다가 뚝 멈추고 재빨리 주변을 살펴보았다.

정말 주소영이 보이지 않았다. 아니, 한 사람 더 도록까지 보이지 않았다.

주소영과 도록 남매가 보이지 않는다. 더구나 그 둘은 지독하게 사이가 나쁘다.

진검룡의 시선이 야산에서부터 아래쪽으로 빠르게 훑었다.

진원무사와 봉의무사들의 후미가 막 평지에서 야산 위로 뛰어올라 오고 있었다.

그리고 그 뒤 사오 장쯤 거리에서 징강지부 선두가 추격해 오고 있는 광경이 보였다.

"……!"

순간 진검룡의 시선이 한곳에 딱 멈추며 눈이 부릅떠졌다.

주소영이 그곳에 있었다. 그런데 도록도 함께 있다.

진검룡은 두 사람을 발견한 순간 어떻게 된 일인지 즉시 간

파했다.

주소영이 오른쪽 허벅지를 다쳐서 피를 흘리고 있으며, 도록이 그녀를 부축한 채 사력을 다해서 야산을 향해 후퇴하고 있는 것이다.

"너희는 경혼조를 이탈하지 마라."

진검룡은 미미와 고선을 내려놓자마자 땅에서 한 움큼의 풀을 뜯고는 야산 아래를 향해 훌쩍 신형을 날렸다.

낭랑이 진검룡에게 주소영이 보이지 않는다고 외치는 바람에 경혼조원들은 일제히 걸음을 멈추고 진검룡을 쳐다보고 있었다.

경혼조원들이 지켜보고 있는 가운데 진검룡은 허공으로 삼 장까지 비스듬히 신형을 뽑아 올렸다가 양팔을 활짝 벌린 채 단 한 번도 땅에 내려서지 않고 야산 아래를 향해 비조처럼 하강했다.

그가 신형을 날려 주소영이 있는 곳에 도달하기까지 걸린 시간은 눈을 두 번 깜빡거린 정도에 불과했다.

경혼조원들은 한결같이 입을 쩍 벌렸다. 그들은 자신들이 지금껏 알고 있던 진검룡의 무공은 극히 하찮은 것이었다는 사실을 깨달았다.

진검룡이 주소영과 도록의 머리 위 삼 장 높이에 도달했을 때에는 이미 사파 무사들이 두 사람을 겹겹이 포위한 상태에서 소나기 같은 맹공을 퍼붓고 있었다.

주소영은 도록의 부축을 받은 상태에서 왼손의 검을 이리 저리 휘두르고 있었는데, 무의미한 몸부림일 뿐이었다.

그녀는 오른쪽 허벅지 앞쪽을 꽤 깊숙이 찔려서 걸음은커녕 움직이기도 어려운 형편이었다.

도록은 왼팔로 주소영을 부축한 상태에서 오른손의 도를 미친 듯이 휘두르고 있는데, 한 걸음도 전진하지 못하고 꼼짝 없이 갇혀 버린 신세였다.

더구나 그는 자신은 돌보지 않고 주소영을 보호하는 데 전력을 다하고 있는 탓에 벌써 등과 어깨, 옆구리 대여섯 군데를 찔리고 베었다.

"날 두고 가란 말이야, 이 병신아!"

주소영이 도록을 뿌리치면서 악을 써댔다. 그녀는 도록의 뒤쪽에서 푹! 퍽! 하는 소리가 들릴 때마다 그가 찔리고 베이고 있다는 것을 알았다.

"이 미친 새끼야! 제발 날 버리고 가! 네가 죽으면 우리 엄마가 미쳐 버린다구!"

주소영의 어머니는 도록을 낳아준 친모가 아니다. 그의 아버지는 어린 도록을 데리고 처녀인 주소영 어머니에게 새장가를 들었다.

이후에 주소영과 동생들을 낳았으니, 그들은 도록의 이복 남매고 이복형제인 것이다.

주소영의 말을 듣고 도록은 왈칵 눈물을 쏟았다. 그는 지난

날 주소영의 어머니, 즉 새어머니에게 정말 못할 짓을 너무 많이 저질렀었다.

그런데도 새어머니는 도록을 집안의 가장이라며 언제나 새 옷을 입히고 맛난 것을 먹였으며 이웃집 아이들에게 뒤질 세라 좋은 것만 사주었었다.

"크흐흑! 소영아! 내가 잘못했다… 내가 죽일 놈이다……. 네가 어머니에게 말해다오… 내가 용서를 빌더라고…… 크흐흑……!"

"미친 새끼야! 네가 어머니에게 직접 말해! 윽!"

주소영은 악을 쓰다가 적의 검에 복부를 찔렸다. 그녀는 피가 흐르는 복부를 내려다보다가 와락 인상을 썼다.

"이런… 빌어먹을! 다친 곳을 또 찔렸어……."

그러다가 그녀는 움찔 몸을 떨었다. 자신을 부축한 도록의 몸이 무너지고 있음을 깨달은 것이다.

그녀가 돌아보니 도록이 입에서 꾸역꾸역 피를 쏟으면서 그녀 어깨에 머리를 기대고 있는데 눈에서 초점이 사라져 가고 있었다.

순간 그녀는 도를 버리고 두 팔로 와락 도록을 끌어안았다.

"오빠―! 안 돼―! 죽으면 안 돼―!"

그녀는 자신들을 공격하던 사파 무사들의 공격이 방금 멈추었다는 사실조차 모르고 있었다.

진검룡은 허공에서 하강하며 풀잎을 사방으로 쏘아내서 한꺼번에 십여 명의 사파 무사를 쓰러뜨리고, 주소영 뒤에 내려선 직후에 재차 풀잎을 날려 또다시 십여 명을 거꾸러뜨렸다.

"소영아."

진검룡이 부르는데도 그녀는 듣지 못하고 도록만 부둥켜안고 흐느끼기만 했다.

"소영아, 도록을 단단히 붙잡아라."

진검룡이 어깨의 검을 뽑으면서 왼손으로 주소영의 어깨를 잡자 그녀는 눈물범벅인 얼굴로 그를 바라보았다.

"사부님… 오빠가……."

척!

진검룡은 주소영의 허리를 안으며 다시 말했다.

"도록을 단단히 붙잡아라."

"오빠가……."

"내가 살려주마. 우선 도록을 단단히 붙잡아라."

주소영은 그제야 퍼뜩 정신을 차리고 두 팔을 도록의 양쪽 겨드랑이 아래로 집어넣어 가슴을 힘껏 끌어안았다.

휘익!

진검룡은 야산 위로 쏜살같이 달려 올라갔다. 전방과 좌우로 번쩍번쩍 검을 휘둘러 앞을 가로막거나 거치적거리는 사파 무사들을 추풍낙엽처럼 쓰러뜨렸다.

다행히 진원무사와 봉의무사들은 도주하느라 정신이 없어서 진검룡의 눈부신 실력을 보지 못했다.

그렇지만 아까부터 진검룡의 일거수일투족을 하나도 놓치지 않고 주시하고 있는 사람들은 바로 경혼조원들이다.

다들 도주하느라 정신이 없는데도 경혼조원들은 산꼭대기를 얼마 남겨두지 않은 곳에 모여 서서 눈도 깜빡이지 않고 진검룡을 주시하고 있었다.

그들의 눈에는, 진검룡이 야산 위를 향해 일직선으로 달려오는 광경이 잘 보였다.

그리고 그가 스쳐 지나는 곳에는 사파 무사들이 우수수 소건너는 웅덩이의 파리 떼 흩어지듯 앞다투어 쓰러지는 것이 보였다.

진검룡은 눈을 몇 번 깜빡이는 사이에 경혼조원들 앞에 이르렀다.

그러나 그는 멈추지 않고 계속 쏘아 올라가며 급히 외쳤다.

"뭣들 하느냐? 어서 움직여라!"

퍼뜩 정신을 차린 경혼조는 부랴부랴 진검룡의 뒤를 쫓기 시작했다.

도록을 살리는 일은 진검룡으로서도 결코 쉽지 않았다.

황량한 호숫가 어느 바위 뒤에서 진검룡은 혼신의 힘을 쏟아 도록을 치료하고 있는 중이었다.

도록은 안색이 밀랍처럼 창백하며 사지를 축 늘어뜨리고 있어서 시체나 다름없는 모습이었다.

아니, 겉모습만 그런 것이 아니라 속도 마찬가지였다. 너무 많은 상처를 입었으며, 그중에서도 등 한복판을 관통한 마지막 일격이 치명적이었다.

진검룡은 공력을 끌어올려 자신의 모든 의술을 총동원하여 도록을 치료하고 있는 중이었다.

그는 도록의 상태가 너무 위중해서 후퇴하는 강무교가 이끄는 곤명지부를 따라가지 않고 이곳에 남았다. 치료할 시기를 놓치면 도록이 죽기 때문에 어쩔 수가 없었다.

주소영은 진검룡 맞은편에 앉아서 극도로 초조한 표정을 지은 채 주시하고 있었다.

그녀도 가볍지 않은 부상을 입었으나 진검룡이 간단히 지혈만 해준 상태다.

경혼조는 진검룡이 곤명지부를 따라가라는 명령을 단호히 거부하고 이곳에 남았다.

그들은 진검룡이 치료를 하고 있는 동안 바깥쪽에서 혹시 있을지 모르는 징강지부의 추격자들을 감시하고 있는 중이었다.

그러면서도 그들은 자꾸만 바위 안쪽을 힐끗거렸다. 도록이 어떻게 되었는지 궁금하기 때문이다.

경혼조원들은 바위 바깥에 남쪽을 향해서 부챗살처럼 펼

쳐 서 있었는데, 여섯 명씩 반 시진마다 교대하고 있었다.

그런데 벌써 네 차례 교대가 이루어졌다. 두 시진이 지났다는 뜻이다. 그런데도 바위 안쪽에서는 아무런 소리도 흘러나오지 않았다.

치료하는 시간이 길어질수록 경혼조원들의 초조함은 극에 달했다.

그들 중에 도록하고 친한 사람은 아무도 없다. 하지만 도록은 경혼조원이다.

있는 듯 없는 듯 그림자처럼 지냈던 도록이지만, 그동안 한 솥밥을 먹고 함께 잠을 자며 생활을 했었고, 또한 박투술을 하면서 때리고 맞았던 끈끈한 동료인 것이다.

그리고 지금 이렇게 경혼조원들은 동료의 소중함을 깨달아가고 있었다.

"오빠―! 으앙―!"

그때 갑자기 바위 안쪽에서 주소영의 찢어지는 듯한 비명소리가 터져 나왔다.

순간 경혼조원들은 너나 할 것 없이 소스라치게 놀라서 우르르 바위 안쪽으로 달려들어 갔다.

그들 앞에 진검룡은 바위에 기대어 다리를 쭉 뻗고 있고, 주소영이 도록을 부여안은 채 흐느껴 울고 있는 광경이 펼쳐져 있었다.

"어, 어떻게 됐어?"

"설마… 도록이 죽은 거야?"

바위 안쪽에 벌어져 있는 상황은 도록이 죽은 것이라고 믿기에 충분한 광경이었다.

"으으…… 소영아… 나… 아프다……."

그때 주소영에게 안겨서 보이지 않는 도록의 희미한 신음 소리가 들렸다.

순간 경혼조원들의 얼굴이 확 밝아졌다.

"살았구나, 도록!"

"얏호! 죽지 않았어!"

주소영은 도록을 조심스럽게 바닥에 눕혔다.

희미하게 미소 짓는 도록은 자신을 굽어보고 있는 경혼조원들을 보며 눈시울이 뜨거워졌다.

"모두들… 고마워."

장관웅이 가슴을 쓸어내리며 진지하게 말했다.

"도록, 너 죽는 줄 알고 얼마나 걱정했는지 아냐?"

"미안해, 관웅."

"미안한 줄 알면 지난달에 빌려간 돈 닷 냥 후딱 갚아라."

"……."

"쩝! 그거 못 받는 줄 알고 조마조마했다니까."

"푸핫핫핫핫—!"

"아하하하! 관웅, 너도 웃길 줄 아는구나!"

그때 도록이 힘겹게 손을 뻗었다.

"소영아, 나 좀 일으켜라."

주소영은 발끈했다.

"그냥 누워 있어. 움직이면 안 돼."

도록은 말없이 한쪽을 쳐다보았다.

모두들 도록의 시선을 좇아 쳐다보다가 그제야 진검룡을 발견하고 크게 놀라는 표정을 지었다.

진검룡은 뒷머리와 등을 바위에 기대고 다리를 쭉 뻗은 채 눈을 감고 있었다.

경혼조원들은 평소에 누구나 취하는 자세지만 언제나 완고하고 꼬장꼬장한 진검룡은 이런 흐트러진 모습을 보인 적이 한 번도 없었다.

그로 미루어 그가 도록을 치료하는 데 얼마나 전력을 다 쏟았고 또 지쳤는지 어렵지 않게 알 수 있었다.

진검룡은 단지 쉬고 있는 것인지 자는 것인지 꼼짝도 하지 않았다. 아마 경혼조원들이 쳐다보고 있는 것을 모르고 있는 듯했다.

그를 쳐다보는 경혼조원들은 가슴이 뭉클했다. 자신들에게 있어서 진검룡이 얼마나 대단한 존재인지를 익히 잘 알고 있었으나, 지금 이 순간 또 다른 감동을 느끼고 있었다.

경혼조원들은 진검룡이 없으면 자신들은 아무것도 아니라는 사실을 새삼스레 실감했다.

또한 진검룡이 자신들을 위해서 얼마나 애쓰는지 가슴이

저리도록 깨달았다.

도록이 주소영의 부축을 받아 일어나 앉더니 갑자기 진검룡을 향해 말없이 몸을 굽혀 절을 올렸다. 겨우 목숨을 건진 그는 온몸이 조각나는 듯한 고통을 느꼈으나 이를 악물고 참으면서 절을 했다.

그의 행동을 보고 놀라는 사람은 아무도 없었다. 오히려 마땅히 그래야 한다고 여기는 듯했다.

도록은 엎드린 채 이마를 땅에 대고 움직이지 않았다.

하지만 경혼조원들은 그가 무엇을 하는지 알 수 있었다. 그의 몸이 가늘게 떨리는 것으로 미루어 울고 있는 것이 분명했다.

경혼조원들은 도록 뒤에 넓게 펼쳐 서서 물끄러미 그 광경을 굽어보며 하나같이 심장이 펄떡펄떡 뛰고 피가 들끓는 감동을 느끼고 있었다.

그때 끝에 서 있던 조제가 갑자기 몸을 굽히더니 진검룡을 향해 절을 올렸다.

그러더니 경혼조원들은 누가 먼저랄 것도 없이 하나둘씩 진검룡을 향해 절을 올리기 시작했다.

그들에게 진검룡은 그냥 조장이 아니다. 사부고 아버지요, 가없는 믿음의 존재다.

열네 명의 경혼조원은 꿇어 엎드린 채 오랫동안 움직이지 않았다.

그들의 가슴은 이 순간 터질 것처럼 부풀었다. 이런 위대한 조장 밑에서라면 무슨 일이라도 할 수 있으며 또 기꺼이 죽을 수도 있다는 각오가 샘솟았다.

第四十四章
노파와 미녀

"전주, 어떻게 할지 명령해 주십시오."

"이대로 있다가는 곧 적에게 발각되고 말 것입니다."

숭명, 무정, 쌍백분타주가 초조한 얼굴로 고명에게 명령을 요구했다.

그러나 고명은 대답을 하지 못한 채 일그러진 얼굴로 한쪽 방향을 쏘아보고 있을 뿐이었다.

이곳에서는 보이지 않지만 그가 쏘아보고 있는 방향에는 진학현이 있었다.

고명이 이끄는 뇌격무사 오십 명과 숭명, 무정, 쌍백 삼 개 분타 오백오십여 명은 한 시진 전에 진학현에 있었다.

하지만 그들은 진학현을 장악하지 못했을뿐더러 진학현에 진입했다가 일각 만에 쫓겨 나왔다.

원래 진학현 안팎에는 많은 수의 사파 무사들이 진을 치고 있었다.

그래서 고명은 뇌격무사 몇 명을 보내 진학현을 살펴오라고 지시했다.

진학현에서 돌아온 뇌격무사들은 천여 명의 사파 무사들이 우글거리고 있다고 보고했다.

고명은 징강지부 이천오백여 명 중에 천여 명이 진학현에 남고 나머지 천오백여 명이 곤명지부 휘하 다섯 개 분타와 싸우러 갔을 것이라고 짐작했다.

그때부터 그는 한동안 갈등했다. 자신들 오백오십여 명이 진학현을 일시에 급습하면 사파 무사 천여 명을 물리칠 수도 있을 것이라는 생각이 들었다.

그리고 남겨두고 온 다섯 개 분타 구백오십여 명이 징강지부 사파 무사 천오백여 명과 싸워서 이겨준다면 이쪽과 그쪽 양쪽이 다 승리하게 되는 것이다.

하지만 어느 한쪽이라도 패한다면 처음부터 진학현을 급습하지 않는 편이 좋다.

고명이 진학현 급습에 성공하고 곤명지부 다섯 개 분타가 그쪽 싸움에서 패한다면, 진학현에서 물러난 사파 무사들과 그쪽 싸움에서 승리한 사파 무사들이 합세하여 진학현을 재

공격할 것이다.

만약 반대의 상황이 되면 고명은 줄 끊어진 연처럼 고립되는 신세에 처할 것이다.

숭명, 무정, 쌍백분타주들은 이대로 철수해야 한다고 입을 모았다.

그러나 고명의 생각은 달랐다. 그는 원래 호전적인 성격이라서 용맹하다. 이런 천재일우의 기회를 저버리고 이대로 철수하면 나중에 두고두고 후회할 것이라는 생각이 들었다.

그의 머릿속에는 실패했을 경우보다는 성공했을 때의 주체하기 어려운 기쁨과 환희가 가득 들어차 있었다.

그래서 결국 그는 세 분타주의 반대를 무릅쓰고 진학현 급습을 결행했다.

그러나 결과는 패배, 아니, 참패였다.

고명이 뇌격무사들을 진학현에 보내서 염탐해 온 정보는 잘못된 것이었다.

아니, 뇌격무사들은 진학현 안팎을 자세히 살폈으나 현에서 뚝 떨어진 야산 쪽은 아예 쳐다보지도 않았다.

그런데 바로 그 야산에 천여 명의 사파 무사들이 매복하고 있었던 것이다.

이른바 함정이었다. 징강지부는 지금까지와는 달리 이번에는 완벽한 계획을 짰고, 완벽한 함정을 팠다.

결단을 내린 고명은 오백오십여 명을 이끌고 단숨에 진학현으로 쳐들어갔다.

그런데 처음부터 고명의 계획, 아니, 예상이 비틀어지기 시작했다.

급습을 당한 진학현 내의 사파 무사들이 갈팡질팡할 것으로 예상했으나, 그들은 마치 급습을 예상하고 있었다는 듯 즉각적으로 반격하고 나섰다.

그 때문에 오히려 고명 쪽이 적잖이 당황해서 우왕좌왕하는 상황이 벌어졌다.

바로 그때 진학현 밖 야산에 매복해 있던 천여 명의 사파 무사들이 한꺼번에 들이닥쳐 고명 등의 배후를 맹공격했다.

진퇴양난에 빠진 상황에서 고명이 취할 수 있는 방법은 한 가지 뿐이었다.

도망치는 것이다.

그러나 충격에 빠진 고명은 도주하라는 명령도 내리지 못하고 허둥거렸다.

결국 보다 못한 세 분타주가 도주 명령을 내렸고, 진학현을 급습한 지 채 일각도 되지 못해서 고명 등은 뒤도 돌아보지 않고 도주했다.

그리고 지금 이곳까지 한 시진 동안 한 번도 쉬지 않고 도망쳐서야 겨우 한숨을 돌리고 있는 중이다.

이곳은 진학현으로부터 남쪽으로 이십여 리 정도 남하한 지점이다. 오른쪽에는 무선호가 있고 왼쪽으로는 드넓은 고

원지대가 펼쳐져 있다.

전지와 무선호의 경계 지역인 진학현 남쪽은 징강지부의
세력권이다.

그런데 지금 고명 일행은 징강지부 세력권으로 이십여 리
나 남하해 있는 상황이었다.

진학현의 서북쪽에 곤명지부 휘하 다섯 개 분타가 있고, 그
곳에서 전지를 따라 북상해야 곤명성이 나오는데, 고명 일행
은 바짝 뒤쫓는 징강지부 사파 무사들 때문에 오히려 남쪽으
로 도망친 것이다.

"도대체 어째서 놈들의 수가 그렇게 많아진 것인가?"

고명은 또다시 중얼거렸다. 그는 아까부터 그 말을 계속 되
풀이하고 있었다.

"전주, 정신 차리십시오!"

고명과 가장 친한 숭명분타주가 보다 못해서 버럭 소리를
질렀다.

고명은 처연한 표정으로 숭명분타주를 쳐다보다가 고개를
푹 숙였다.

그는 한참 동안 그러고 있다가 고개를 들더니 주변에서 휴
식을 취하고 있는 무사들을 둘러보며 물었다.

"얼마나 희생됐소?"

"백오십 명입니다."

고명의 얼굴이 흐려졌다.

"내 한순간의 판단 실수로 백오십 명씩이나 죽다니……."

숭명분타주는 침통한 얼굴로 말했다.

"전주께서 지금 현명한 결정을 내려주지 않으면 이곳에 남은 사백여 명도 위험합니다."

"그렇군."

쌍백분타주가 고명의 이해를 돕기 위해서 설명했다.

"현재 징강지부의 추격을 따돌렸으나 이대로 물러날 놈들이 아닙니다."

고명과 세 명의 분타주, 그리고 사백여 명의 무사들이 이곳에 있다는 사실을 알고 있는 징강지부가 가만히 놔둘 리 없다는 뜻이다.

잠시 궁리하던 고명은 고개를 들고 입술을 깨물며 명령을 내렸다.

"곤양현(昆陽縣)으로 갑시다."

거대 호수 전지의 북쪽 꼭대기에 곤명성이 있고, 전지 맨 아래 서쪽에 곤양현이, 동쪽에 진학현이 있다. 곤양현과 진학현의 거리는 오십여 리 정도다. 그리고 곤양현은 곤명지부의 세력권이다.

"그건 위험합니다."

지금 고명 일행이 있는 곳에서 곤양현으로 가려면 북북서(北北西) 방향으로 가야만 한다.

그러나 그들은 여태까지 북북동(北北東) 방향에 있는 진학현에서 도주해 왔었다.

그러므로 곤양현으로 가려면 추격자들과 마주칠 확률이 큰 것이다.

고명은 예전의 확고한 신념 같은 것을 많이 잃은 듯했다.

"어떻게 하면 좋겠소?"

숭명분타주가 그를 측은하게 보다가 거들었다.

"우선 이곳에서 서쪽으로 가다가 방향을 틀어 북상하는 것이 좋겠습니다."

그 말에는 아무도 이견을 달지 않았다.

*　　　*　　　*

야산에서 후퇴한 곤명지부 휘하 다섯 개 분타는 그곳에서 이십여 리 북쪽에 위치한 정혈현에 무사히 도착해서 휴식을 취하고 있었다.

그들보다 네 시진 늦게 이른 아침에 경혼조가 정혈현에 들어섰다.

진검룡이 주소영을, 장관웅이 도록을 업고 있고, 낭랑과 미미, 부상쾌, 와평이 부축을 받고 있는 광경이다.

정혈현은 곤명지부 세력권이기 때문에 강무교 등은 평소에 자주 이용했던 어느 무도관에서 쉬고 있었다.

"진 조장, 무사했군. 걱정했었네."

진검룡과 경혼조가 무도관으로 들어서자 강무교가 직접 달려나와 기쁜 얼굴로 맞이했다.

강무교는 무사들을 이끌고 이곳까지 정신없이 온 후에야 진검룡과 경혼조가 보이지 않는다는 사실을 깨닫고는 그때부터 자리에 앉지도 못하고 정혈현 밖 남쪽 어귀에서 진검룡을 기다리고 있다가 무도관으로 돌아온 지 채 일각도 지나지 않았다.

"어디 다친 곳은 없나?"

강무교는 진검룡의 몸을 살피면서 물었다.

속사정을 모르는 경혼조원들은 그 광경을 보며 조금 이상하게 여겼으나, 분타주가 진검룡을 몹시 소중하게 여긴다는 사실에 마음이 흡족했다.

"이리 오게. 의논할 일이 있네."

강무교가 친히 진검룡의 팔을 잡고 안으로 이끌었다.

그 옆에 있는 비룡당주와 황룡, 흑룡당주는 빙그레 미소 지으며 그 모습을 바라보았다.

황룡, 흑룡당주는 비룡당주에게 자세한 설명을 듣고는 진검룡 덕분에 다섯 개 분타가 사지에서 빠져나온 사실을 알게 되었다.

원래 황룡, 흑룡당주는 진검룡에게 호의적이었으나 이번 일을 계기로 더욱 그를 좋아하게 되었다.

다른 큰 변화가 있다면 진원분타에서 냉혈한으로 소문난 비룡당주가 이번 일로 진검룡에게 큰 호감을 갖게 됐다는 사실이다.

하지만 비룡당주는 자신이 직접 목격했던 진검룡의 무술 실력에 대해서는 황룡, 흑룡당주에게 말하지 않았다. 별다른 뜻이 있어서가 아니라 진검룡에게 한 가지 확인하고 싶은 것이 있었기 때문이다.

진검룡은 걸음을 멈추고 강무교에게 물었다.

"급한 일이오?"

"아니, 그렇지는 않네."

"그렇다면 조원들을 치료한 후에 찾아가겠소."

"그러게."

강무교가 선선히 수락하자 진검룡은 주위를 두리번거렸다. 경혼조원 중에 다친 사람을 치료해야 하기 때문에 마땅한 장소를 찾는 것이다.

"이리 오게. 쉴 곳을 안내하겠네."

그때 비룡당주가 조용히 말하면서 앞장섰다.

경혼조원들은 비룡당주가 소문난 냉혈한이라는 사실을 잘 알고 있기 때문에 그가 진검룡에게 친절을 베푸는 것을 보고 적잖이 놀랐다.

그러나 그다지 이상하게 여기지는 않았다. 비룡당주가 친절을 베푸는 상대가 바로 진검룡이기 때문이다. 그의 진가를 조금이라도 알고 있는 사람이라면 그 누구라도 친절을 베풀고 싶을 것이다.

비룡당주는 진검룡과 선두에서 나란히 걷다가 그를 쳐다보면서 흐릿한 미소를 지으며 불쑥 말했다.

"고맙네."

진검룡은 무슨 뜻인지 알고 가볍게 고개를 끄덕였다.

경혼조에 두 개의 방이 배정되었다. 다른 곳에는 한 방에 두세 개 조가 북적거리는 것에 비해 경혼조는 특별 대우를 받는 것이다.

방 하나에는 다치지 않았거나 가벼운 부상을 입은 경혼조원들이 쉬고 있었다.

그들은 훈용강과 조제, 동풍, 사도풍, 중혜, 무악 등이다. 그중에서도 훈용강과 무악은 어디 한 군데 긁힌 곳조차 없이 말짱했다.

다른 방에서는 진검룡이 막 부상자들의 치료를 시작하려는 중이었다.

도록은 한쪽 벽 아래에 누워 깊이 잠들어 있었다. 진검룡의 말에 의하면 그는 최소한 한 달 동안 치료를 하면서 정양해야 한다는 것이다.

그리고 상처가 위중한 순서대로 주소영과 부상쾌, 낭랑, 미미가 띄엄띄엄 나란히 누워 있었다.

진검룡은 제일 먼저 주소영 옆에 앉았다.

"어디 보자."

주소영은 얼굴을 찌푸렸다.

"사부님, 재수없게 지난번에 다쳤던 곳을 또 찔렸어요."

그러면서 그녀는 누운 채 궁둥이를 들고 주섬주섬 바지와 속곳을 한꺼번에 무릎 아래로 내렸다.

지난번 남랑곡에서 아랫배를 다쳐서 진검룡이 치료할 때에 그녀는 혼절한 상태였기 때문에 직접 보질 못했었다.

하지만 나중에 낭랑에게 자세히 설명을 들어서 진검룡이 어떻게 치료를 했었는지 잘 알게 되었다.

게다가 일전에 주소영 자신이 진검룡에게 몸을 바치겠다면서 홀렁홀렁 옷을 벗어 던지고 전라의 몸이 된 것은 물론이고, 그 몸으로 꼴사나운 모습도 보였던 탓에 이제는 그의 앞에서 옷을 벗는 것쯤은 아무렇지도 않았다.

하지만 주소영으로 하여금 진검룡 앞에서 스스럼없이 옷을 벗고 치부를 드러내게 한 주된 이유는, 그에게로 향한 무한한 신뢰와 존경심 때문이다.

그녀는 자신이 별짓을 다 하고 아무리 유혹을 해도 진검룡이 눈 하나 까딱하지 않는다는 것을 잘 알고 있다.

"흠, 지난번보다는 가볍다."

진검룡은 주소영의 상처를 자세히 살피고 나서 진기를 일으키며 중얼거렸다.

지난번 주소영은 배꼽 아래에서 음부 위 거웃까지 상처가 길고도 깊게 났었는데, 지금은 바로 그 옆에 한 치 정도 깊이로 찔린 상처다.

진검룡은 커다란 손바닥으로 상처를 덮고 부드러운 진기를 주입시켰다.

주소영은 똑바로 누워서 눈을 지그시 감고는 고양이를 쓰다듬을 때 같은 소리를 흘렸다.

"음… 좋아요."

부드러운 진기가 상처로 스며드니까 고통이 점차 사라지는 것을 느꼈기 때문이다.

주소영 옆에는 낭랑이 엎드려 누운 자세로 고개를 이쪽으로 향하고 빤히 바라보고 있었다.

그녀 옆에는 부상쾌가 앉아서 이쪽을 보고 있었는데, 적잖이 당황하고 놀라는 표정이 얼굴에 역력했다.

부상쾌는 경혼조의 여자들이 조장을 정도 이상으로 잘 따르고 신뢰한다는 사실은 알고 있었지만, 주소영이 조금도 거리낌없이 바지와 속곳을 훌렁 벗는 것을 보고는 놀라고 또 당황스러움을 감추지 못했다.

그러나 잠시 생각한 그녀는 그럴 수도 있다고 생각했다. 진검룡이 평범한 인물이 아니기 때문이다. 그가 평범한 인물이었다면 주소영 같은 소나찰이 태연히 옷을 벗지도 않았을 테고, 부상쾌도 그것을 이해하지 못했을 것이다.

"됐다. 좀 어떠냐?"

이윽고 진검룡이 주소영의 두 번째 상처인 허벅지까지 치료를 마치고 손을 떼며 조용히 물었다.

"음… 뭐라고 그러셨어요?"

깜빡 잠이 든 주소영은 게슴츠레 눈을 뜨며 물었다.

진검룡은 온화하게 미소 지었다.

"아니다. 그냥 자라."

"사부님이 옷 입혀주세요."

주소영은 입속으로 웅얼거리면서 눈을 감았다.

진검룡은 묵묵히 주소영의 속곳과 바지를 입혀주었다.

주소영은 잠이 반쯤 든 비몽사몽 중에 너무도 행복한 기분이 들었다.

누군가에게 응석 한 번 제대로 부려본 적이 없는 그녀에게 사부가 옷을 입혀주고 있으니 어찌 행복하지 않겠는가.

지켜보고 있던 부상쾌는 또다시 놀라고 있었다. 어떤 형태로든 상처를 치료하면 아프게 마련인데, 진검룡이 상처를 치료하는 사이에 주소영은 잠이 들었기 때문이다.

그것은 진검룡의 의술이 매우 뛰어날 뿐만 아니라 전혀 아프지 않다는 뜻이었다.

진검룡이 일어나서 낭랑 쪽으로 오자 엎드려 있던 그녀는 예외없이 바지와 속곳을 홀렁 벗어버리고 무릎을 꿇고 다리를 벌리고는 뺨을 바닥에 대면서 궁둥이를 높이 쳐들면서 투덜거렸다.

"우라질! 나는 꼭 이런 데만 다친단 말이야."

그녀는 지난번 남랑곡에서 오른쪽 궁둥이 아래 항문과 옥문 바로 옆을 다쳤었는데, 이번에는 왼쪽 똑같은 부위를 검에 찔렸다.

그곳을 치료하자면 지난번하고 똑같이 이런 자세를 취할 수밖에 없다.

그녀 역시 진검룡에게 볼 것 못 볼 것 다 보여준 형편이라서 주소영처럼 아예 스스로 벗고 자세를 잡은 것이다.

진검룡은 낭랑의 상처를 보더니 가볍게 어이없다는 표정을 지었다.

"너희는……."

"소영이랑 짠 거 아냐. 싸우다 보니까 우연찮게 소영이는 거기, 나는 여기 다친 거라구."

진검룡이 무슨 말을 할지 미리 알고 낭랑이 쏘아붙였다.

그가 상처를 만지면서 살피자 낭랑은 계속 투덜거렸다.

"나는 잠들지 않을 거니까 후딱 끝내."

그러면서 그녀는 방향을 바꾸어 부상쾌 쪽으로 얼굴을 돌렸다가 그녀가 복잡한 표정으로 진검룡을 주시하고 있는 것을 보고 툭 내뱉었다.

"너도 준비하고 있어."

부상쾌는 움찔하며 낭랑을 쳐다봤다. 하지만 그녀는 이미 눈을 감은 상태였다.

맨 끝에 누운 와평은 아예 저쪽으로 돌아누워서 눈을 꾹 감고 있었다.

"뭐야? 조장, 어딜 만져! 거긴 옥문이잖아!"

그때 낭랑이 눈을 감은 채 궁둥이를 들썩이면서 빽 소리 질렀다.

"거긴 항문이구! 똑바로 좀 해, 조장!"

철썩!

"네가 해라."

진검룡이 허연 궁둥이를 때리며 일어서자 낭랑은 급히 몸을 돌려 그의 바지 자락을 붙잡고 온갖 교태를 떨었다.

"으헤헤… 장난 좀 친 것 가지고 뭘 삐치고 그래, 조장."

진검룡은 다시 치료를 하면서 주의를 주었다.

"앞으로는 다치지 않도록 조심해라."

낭랑이 발끈했다.

"무슨 말이 하고 싶은 거야? 한 치만 잘못 찔렸어도 시집을 못 갈 것이라느니 여자구실을 못한다느니 그런 말 하려는 거지, 지금?"

낭랑은 쉬지 않고 종알거렸다.

"걱정하지 마. 조장더러 나 데리고 살라고 엉겨 붙지 않을 테니까."

낭랑의 치료를 끝내고 부상쾌 곁으로 간 진검룡은 의아한 표정을 지었다.

"옷은 왜 벗었느냐?"

부상쾌가 바지와 속곳을 완전히 벗고 뻣뻣한 자세로 누워 있는 것을 본 것이다.

"네?"

극도로 긴장한 부상쾌는 눈을 질끈 감고 있다가 뜨면서 의아한 표정을 지었다.

주름투성이고 뺨에 보기 싫은 흉터가 있는 그녀의 얼굴에 비해서 벌거벗은 하체는 전혀 다른 사람의 것 같았다.

가느다랗고 길며 희고 뽀얀 두 다리가 곧게 뻗어 있으며, 옥문을 덮은 거웃은 너무 짙고 무성해서 하나의 작고 검은 숲을 보는 듯했다.

부상쾌는 극도로 긴장한 듯 온몸에 잔뜩 힘을 준 탓에 뼈라도 부러질 듯했다.

그녀의 상처는 오른쪽 무릎에서 반 뼘쯤 위에 가로로 깊게 베인 것이다.

그러니 굳이 옷을 홀딱 벗지 않아도 될 일인데, 앞서 주소영과 낭랑이 아무렇지도 않게 아랫도리를 까고는 잠을 자고 또는 궁둥이를 높이 쳐드는 것을 보고는 자신도 그래야 하지 않나 싶은 생각이 들었던 것 같다.

"옷 입고 상처까지 바지를 걷어라."

"네, 넵!"

부상쾌는 크게 당황해서 후다닥 일어나 앉아서 허둥지둥 옷을 입었다.

그런데 서둘다 보니 제대로 속곳을 입는 것이나 바지 구멍
에 다리를 넣는 것이 여의치 않아서 진땀을 흘렸다.

더구나 앉아서 바지를 입으려고 아등바등하는 탓에 자세
가 묘하게 비틀어져서 본의 아니게 진검룡에게 치부를 다 보
여주게 되어 얼굴이 새빨개져서 어쩔 줄을 몰라 했다.

진검룡은 부상쾌의 무릎 위 상처에 손바닥을 덮고 진기를
주입시키며 조용히 물었다.

"상쾌, 몇 살이냐?"

눈을 꼭 감고 바짝 긴장하고 있던 부상쾌는 번쩍 눈을 뜨며
더듬거렸다.

"스, 스물아홉 살입니다……!"

그 말에 진검룡을 제외한 모두들 적잖이 놀라고 말았다. 그
녀의 얼굴을 봐서는 아무리 적게 잡아도 사십대 중반으로 보
이기 때문이다.

"중독이로군."

"아! 어떻게 아셨습니까?"

진검룡의 말에 부상쾌는 소스라치게 놀라서 자신도 모르
게 벌떡 상체를 일으켰다.

지난 십여 년 동안 그 사실을 알아낸 사람이 그가 처음이기
때문에 놀라지 않을 수가 없었다.

"강해지고 싶었느냐?"

"그… 렇습니다."

부상쾌는 어려서부터 지독한 무공광이었다. 그래서 강해지기 위해서는 무슨 짓이든 서슴지 않았었다.

사건은 그녀가 십구 세 때 일어났다. 한 달만 복용하면 애쓰지 않아도 저절로 내공이 생성되고 또 증진되는 약이 있다는 떠돌이 약장수의 달콤한 감언이설에 솔깃해서 거금을 주고 덜컥 한 달분 약을 샀다.

그런데 약을 복용한 지 열흘이 지나도록 내공은커녕 그 비슷한 것도 생성되지 않았다.

아니, 오히려 얼굴에 조금씩 주름이 생기기 시작했다. 하지만 그녀는 그것이 내공이 생성되는 과정이라 믿고 한 달 동안 꾸준히 약을 복용했다.

그러나 결과는 참담했다. 애타게 기다리는 내공은 생성되지 않고 얼굴에 주름만 더 심하게 자글자글 생겨 버렸다.

그제야 약장수에게 속았다는 사실을 깨달았으나 이미 일은 돌이킬 수 없는 상황이 되고 말았다.

그녀도 여자다. 어찌 다른 여자들처럼 아름다워지고 싶고 남자에게 사랑받고 싶지 않겠는가.

그 후 주름투성이 얼굴을 고치려고 별별 방법을 다 써봤으나 모두 허사였다.

결국 절망에 빠져서 그녀는 얼굴 고치는 것을 완전히 포기할 수밖에 없었다.

사람들은 그녀를 보면 노파라고 놀려댔고 남자들은 그녀

를 거들떠보지도 않았다. 아니, 오만상을 찌푸리며 고개를 돌려 버렸다.

그래서 그때부터 그녀는 세상과 담을 쌓고 오로지 무술을 익히는 데만 전념하며 지금껏 살아온 것이다.

부상쾌는 자신이 중독됐다는 사실과 강해지고 싶어서 그랬다는 것을 진검룡이 단번에 간파하자 놀랍다 못해서 경이롭기까지 했다.

그때 맨 끝에 돌아누워 있던 와평이 부스스 일어나 앉더니 이쪽을 보며 부상쾌에게 물었다.

"부 낭자, 내가 몇 살로 보이시오?"

뜬금없는 물음에 부상쾌는 그를 보면서 어눌하게 대답했다.

"삼십대 초반 정도……."

"하하하하! 나는 삼십팔 세요!"

"아……."

그때 엎어져 있던 낭랑이 중얼거렸다.

"빌어먹을, 저 인간 처음 봤을 때는 환갑쯤 된 노인네인 줄 알았다니까."

"하하하! 정말이오. 하지만 나는 부 낭자처럼 중독된 것이 아니라 어렸을 때부터 제대로 먹지 못하고 고생을 심하게 해서 폭삭 늙어버린 것이었소."

"그런데 어떻게……."

부상쾌는 와평이나 낭랑의 말이 믿어지지 않았다. 와평의 지금 모습은 누가 보더라도 삼십대 초반의 잘생긴 용모였기 때문이다.

와평은 더없이 존경스러운 표정으로 진검룡을 바라보았다.

"얼마 전에 조장님께서 지금의 이 얼굴로 고쳐 주셨소."

"아아⋯⋯."

부상쾌는 소스라치게 놀라더니 곧 열띤 표정으로 진검룡을 바라보았다. 그녀의 얼굴에 오래전에 포기했던 한 가닥 희망이 넘실거렸다.

"그런데 치료하는 과정이 좀 지독했소. 뼈를 부수고 근육이 뒤틀린다고 해야 하나? 하여튼 조장님께서 치료하시는 동안 난 몇 번이나 까무러쳤는지 모른다오. 하하하!"

와평은 그렇게 웃으면서 진검룡이 부상쾌의 중독을 치료할 수 있을 것이라고 확신했다.

"조장님⋯⋯."

부상쾌는 오늘따라 유난히 심해 보이는 주름이 가득한 얼굴로 진검룡을 바라보았다. 그러나 주름이 너무 많아서 무슨 표정을 짓고 있는지는 알 수가 없었다.

하지만 깊고 맑은 두 눈에는 간절한 염원이 가득 넘실거리고 있었다.

"치료하는 과정이 아무리 고통스러워도 참을 수 있습니다. 아니, 팔다리 하나 잘라내도 괜찮습니다. 얼굴만 좋아진다면 어떤 희생을 치러도 좋습니다! 부디 제 얼굴을 고쳐 주십시오, 제발."

그러나 진검룡은 지그시 눈을 감고 부상쾌의 무릎 위 상처에 손바닥을 밀착시킨 채 아무 말도 하지 않았다.

"조장님……."

부상쾌는 진검룡이 치료해 줄 마음이 없다는 것을 짐작하고 마음이 더할 수 없이 착잡해졌다.

"와앗!"

그런데 갑자기 와평이 비명을 질렀다. 그는 부상쾌를 쳐다보고 있는데 마치 귀신을 본 듯한 표정이었다.

"……."

부상쾌는 의아한 표정으로 와평을 쳐다보았다.

"오오… 부 낭자… 정말 아름답군요……!"

와평이 감탄을 터뜨리며 얼굴 가득 경이로운 표정을 짓자 부상쾌는 어리둥절해졌다.

와평의 호들갑에 낭랑이 부스스 일어나다가 부상쾌를 보고는 눈을 휘둥그렇게 떴다.

"뭐, 뭐야? 여기 있던 쭈그렁 할멈은 어디 가고 월궁항아가 앉아 있는 거지?"

부상쾌는 더욱 영문을 몰라 멍한 표정을 지었다. 그녀는 와평이나 낭랑이 자길 놀리고 있다는 생각마저 들었다.

슥.

그때 진검룡이 부상쾌의 무릎에서 손을 떼며 손바닥을 펼쳐 보였다.

"이게 너를 중독시킨 주범이로군."

그의 손바닥 한가운데에는 검푸른 색의 끈적끈적한 액체가 엄지손톱 크기로 뭉쳐 있었다.

부상쾌는 눈을 휘둥그렇게 뜨고 그 액체를 바라보았다. 그녀는 여전히 현실을 깨닫지 못하는 듯했다.

낭랑이 엉금엉금 기어와서 액체를 손가락으로 건드리려다가 멈추고 진검룡의 얼굴을 쳐다보았다.

"만져 봐도 돼?"

"손가락이 탈 것이다."

"이크!"

낭랑은 손가락을 급히 움츠리고 진검룡을 쏘아보았다.

"그런데 내가 만지려고 하는데 왜 말리지 않았지?"

진검룡이 아무 말이 없자 그녀는 눈을 세모꼴로 만들었다.

"손가락이 타봐야 다음부터는 깝죽거리지 않는다는 거야?"

그녀는 아픈 궁둥이를 높이 쳐든 자세로 무릎걸음으로 되돌아가며 구시렁거렸다.

"하여튼 독한 조장이라니까."

그즈음 부상쾌는 일이 어떻게 된 것인지 깨닫고 떨리는 두 손으로 자신의 얼굴을 조심스럽게 만져 보았다.

"아아……."

손바닥에 주름이 조금도 느껴지지 않았다. 아니, 너무도 매끄럽고 보드라운 살결이 느껴졌다.

구태여 동경(銅鏡:거울)으로 보지 않아도 자신의 얼굴에서 주름이 완전히 사라졌다는 사실을 알 수 있었다.

도무지 믿어지지 않았다. 꿈을 꾸는 것만 같았다. 십여 년 동안 죽고 싶을 정도로 그녀의 속을 끓였던 주름이 단 한순간에 사라지다니, 어떻게 그 사실이 믿어지겠는가.

부상쾌는 경악한 얼굴로 진검룡을 바라보았다.

"도대체 언제 그것을……."

"이것은 응근산(凝筋酸)이라는 것으로 잘못 쓰면 독이 된다. 또한 내공을 생성하는 데에는 전혀 도움이 되지 않는다. 이것이 네 얼굴에 모여 있었다."

응근산은 이름 그대로 근육을 뭉치게 만드는 효력을 갖고 있었다.

그것이 얼굴 안쪽 근육에 모여 있으니까 얼굴에 온통 주름이 자글자글했던 것은 당연한 일이다.

부상쾌는 자신의 무릎 상처와 진검룡 손바닥의 응근산 액체를 번갈아 쳐다보면서 그가 상처를 치료하면서 응근산을 뽑아냈다는 사실을 깨달았다. 어떤 방법을 사용했는지는 모르지만, 뽑아낸 것만은 분명했다.

잡티 한 점 없이 희고 뽀얀 그녀의 얼굴이 격동으로 가늘게 떨렸다.

그러더니 추수처럼 아름다운 두 눈에 가득 고였던 눈물이 뺨을 타고 주르르 흘러내렸다.

그녀는 지금의 이 엄청난 기쁨을 어떻게 해야 좋을지 알 수 없었다.

"흐흐흑……!"

그래서 그녀는 갑자기 쓰러지듯 진검룡에게 안기면서 울음을 터뜨렸다.

십여 년 동안 추악한 노파의 얼굴로 살아왔던 세월이 꿈만 같았고, 지금 이 순간이 또한 꿈만 같았다. 도저히 현실이라고 믿어지지 않았다.

진검룡은 부상쾌의 등을 부드럽게 토닥여 줄 뿐 아무 말도 하지 않았다.

낭랑이 입을 삐죽거리며 진검룡을 흘겼다.

"하여튼 계집이라는 것들은 조장 품에 안기지 못해서 안달이라니까."

와평이 흐뭇한 얼굴로 껄껄 웃었다.

"하하하! 거기에 낭랑도 포함되나?"

"아가리를 찢어줄까, 노인네?"

진검룡은 가만히 부상쾌를 떼어내고 와평을 치료한 후에 자고 있는 미미를 마지막으로 치료를 끝냈다.

第四十五章
우중행(雨中行)

大中原

"뇌격전주의 행방이 묘연하네."

강무교는 침통한 얼굴로 말문을 열었다.

실내에는 강무교와 비룡, 황룡, 흑룡당주, 그리고 진검룡과 고선이 모여 있었다.

강무교는 고명의 누이동생인 고선까지 불렀다. 친오빠의 일이기 때문이다.

다섯 명의 오빠들 중에서 셋째 오빠인 고명을 특히 좋아하는 고선은 몹시 걱정스러운 표정으로 입을 꼭 다물고 있었다.

"진학현에서 보내온 비합전서에 의하면 뇌격전주는 진학현을 급습했다가 일각 만에 퇴각했으며 즉시 징강지부가 추격을 했다고 하네."

진학현 내에는 현민으로 위장한 곤명지부의 첩자가 있어서 중요한 정보를 제공해 주고 있었다.

하지만 첩자라고 해서 징강지부에 대해서 속속들이 알고 있는 것은 아니다. 눈으로 보고 귀로 들은 것들만 알아내서 전해주는 정도에 그친다.

이어서 강무교는 진학현의 첩자가 보내온 몇 가지 정보들을 설명해 주었다.

진학현에는 원래 천여 명의 징강지부 사파 무사들이 있었다는 것, 그리고 고명이 급습하자 진학현 밖 야산에 매복해 있던 또 다른 천여 명의 사파 무사들이 들이닥쳐 협공을 했다는 것, 위험에 처한 고명 일행이 남쪽으로 도주했으며 사파 무사 천여 명이 추격했다는 것 등이다.

그 정보들 역시 자세한 것은 없고 진학현에 있는 사람이라면 누구나 알 수 있음 직한 내용들이었다.

강무교는 진검룡이 경혼조원들을 치료하고 있는 동안 다른 네 명의 분타주와 이 일에 대해서 의논했으나 별다른 해결책을 찾지 못했다.

그도 그럴 것이, 고명 일행이 진학현 남쪽으로 도주했다면 징강지부 세력권 안에 있다는 것이다.

그런데 도대체 그들을 어떻게 찾아낼 것이며, 찾아낸들 수백 명이나 되는 무사들을 또 어찌 구할 수 있단 말인가.

이즈음 강무교는 은연중에 이곳 다섯 분타의 우두머리 역할을 하고 있었다.

그가 야산에서 회택분타주를 제압하고 다섯 개 분타 무사들을 전격적으로 후퇴시켜서 별다른 희생자를 내지 않은 공을 회택분타주를 제외한 세 명의 분타주가 크게 인정하고 있었기 때문이다.

하지만 정작 당사자인 강무교는 큰 짐을 지게 된 탓에 마뜩찮게 여기고 있었다.

다만 그는 어떻게 하든지 고명 일행을 구해서 무사히 곤명지부로 귀환하고 싶은 마음뿐이었다.

진검룡은 우뚝 서서 팔짱을 끼고 있을 뿐 이 방에 들어온 이후 한마디 말도 없었다.

고선은 초조한 얼굴로 진검룡 옆에 바짝 붙어 서 있었다. 고명을 구하고 싶은 마음이 굴뚝같지만 그녀로서는 아무런 힘도, 방법도 없는 것이 현실이다.

강무교는 진검룡을 보며 초조한 얼굴로 물었다.

"무슨 방법이 없겠나?"

강무교는 진검룡을 어느 누구보다 신뢰하고 있었다. 또한 그의 능력이 자신을 능가한다고 생각했다.

그래서 어쩌면 그라면 무슨 방법을 생각해 낼지도 모른다고 기대를 하고 있었다.

그러나 모두의 기대와는 달리 진검룡은 가볍게 고개를 가로저었다.

"없소."

이어서 그는 더 이상 이곳에 볼일이 없다는 듯 몸을 돌려 문을 향해 걸어갔다.

강무교와 세 명의 당주는 적잖이 실망하는 얼굴로 진검룡의 뒷모습을 쳐다볼 뿐 아무도 입을 열지 않았다.

그때 고선이 급히 진검룡을 뒤따라가서 그의 팔을 붙잡으며 울먹였다.

"조장님, 명 오라버니를 구해주세요!"

진검룡은 뒤돌아보지 않고 그냥 걸어갔다.

고선은 이번에는 뒤에서 두 팔로 그의 허리를 부둥켜안으며 흐느껴 울었다.

"으흐흑! 제발 애원해요, 조장님! 당신이라면 명 오라버니를 구할 수 있어요!"

그냥 해보는 말이 아니다. 고선은 정말로 그렇게 믿고 있었다. 그녀는 지금껏 살아오면서 진검룡보다 위대하고 또 뛰어난 능력을 지닌 사람을 본 적이 없었다.

가냘픈 체구의 고선이 결사적으로 건장한 체격의 진검룡을 뒤에서 두 팔로 끌어안은 모습은 마치 아버지 등에 업히려고 조르는 어린 딸 같았다.

진검룡은 비로소 걸음을 멈추고 나직한 한숨을 흘렸다.

"선아."

"흑흑흑… 네……."

고선은 그의 허리를 꼭 끌어안고 등에 얼굴을 부비면서 떨어지지 않았다.

강무교와 세 당주는 진검룡이 한매선 고선을 마치 어린아이처럼 다루고, 또 그녀도 한없이 착한 어린 딸처럼 구는 것을 보고 적잖이 놀라는 표정을 지었다.

진검룡이 몸을 돌리자 고선은 기다렸다는 듯이 이번에는 앞에서 그의 허리를 끌어안고 가슴에 얼굴을 묻으며 흐느껴 울었다.

진검룡은 난감한 표정을 짓더니 잠시 후에 고선의 머리를 쓰다듬으며 한숨을 내쉬었다.

"알았으니까 이제 그만 울어라."

"정말이죠? 명 오라버니를 구해주실 거죠?"

고선은 눈물이 가득 고인 눈을 들어 진검룡을 올려다보면서 재차 확인했다.

"알았다."

"고마워요… 조장님……. 정말 고마워요… 흑흑흑……."

그리고는 그녀는 또다시 진검룡의 품에 안겨 그를 꼭 끌어안고 울었다.

하지만 이번에는 고마움의 눈물이다. 그녀는 마치 고명이 무사히 구출된 것처럼 행동했다.

강무교와 세 명의 당주는 새로운 사실을 하나 알게 됐다.

만 마리의 소가 끌어도 꿈쩍도 하지 않는 진검룡이지만, 경혼조원의 부탁은 거절하지 못한다는 사실이다.

진검룡은 경혼조원들이 쉬고 있는 방으로 들어갔다.

그런데 쉬고 있는 조원은 한 명도 없었다. 모두들 방이 좁다 하고 박투술을 수련하는 중이었다.

야산 아래에서의 징강지부와의 싸움으로 극도로 지쳤을 텐데도 잠시 쉬었을 뿐 틈만 나면 박투술을 수련하고 있었다.

쐐애액! 쉭쉭쉭! 패애액!

그리 넓지 않은 방 안은 훈용강과 무악, 장관웅, 동풍, 조제, 사도풍, 증혜가 휘두르는 도검이 만들어내는 파공음으로 고막이 따가울 정도였다.

일곱 명은 진검룡과 고선이 실내에 들어온 것도 모른 채 박투술에 열중이었다.

그들은 목검이 없기 때문에 실제로 오른손에는 도를, 왼손으로는 검을 휘두르며 일곱 명이 엎치락뒤치락하고 있었는데, 희한하게도 도검끼리는 절대 부딪치지 않았다.

도검이 부딪치기 직전 한 뼘이나 반 뼘에서 뚝 멈추었고, 또한 도검이 상대의 몸에 닿기 직전에 멈추기를 반복했다. 소란스럽지 않게 실내에서 박투술을 수련할 수 있는 방법을 개발해 낸 것이다.

진검룡 앞에 훈용강과 사도풍, 증혜가 나란히 섰다. 진검룡은 고명 일행을 구하러 가는 일에 이들 세 명을 선발했다.

선발되지 못한 네 명, 아니, 고선까지 다섯 명은 자신들도 따라가고 싶은 마음이 굴뚝같았지만 감히 말은 하지 못하고 얼굴이 부어 있었다.

진검룡이 세 명을 데리고 방을 나가려고 하자 고선이 달려가서 아까처럼 그를 뒤에서 안으며 울 것처럼 외쳤다.

"조장님, 저도 데려가 주세요!"

하지만 돌아온 반응은 아까하고는 딴판이다.

"안 된다."

"앗!"

진검룡이 뿌리치는 바람에 고선은 볼썽사납게 바닥에 쓰러졌다.

진검룡이 나가자 아무것도 모르는 장관웅과 조제가 고선을 보면서 키득거렸다.

고선은 발딱 일어나서 양손에 도검을 쥐고 그들에게 달려가며 뾰족하게 외쳤다.

"박투술하자! 너희 둘의 대갈통을 쪼개서 뇌수를 훌훌 마셔 버릴 거야!"

진검룡은 훈용강 등 세 명을 밖에 세워두고 부상당한 경혼 조원들이 쉬고 있는 방에 잠시 들어갔다. 다녀올 동안 치료에 대해서 주의 사항을 알려주기 위해서다.

이어서 방을 나오는데 부상쾌가 따라 나왔다.

"저도 가겠습니다."

얼굴은 더할 나위 없이 아름다워졌으나 딱딱한 행동과 말투는 조금도 변함없는 그녀가 진검룡의 눈치를 살피며 조심스럽게 말했다.

"어딜 말이냐?"

"어딘지는 모르지만 조장님을 따라가겠습니다."

진검룡이 쳐다보자 부상쾌는 용기를 내서 그의 시선을 외면하지 않고 마주 쳐다보았다.

얼마 전 같으면 주름투성이 노파 같은 얼굴이 고집스럽게 쳐다보는 모습일 테지만, 지금은 더없이 아름다운 미녀가 간절하고도 고혹적인 모습으로 바라보는 모습이다.

그녀는 마치 '조장님이 가시는 곳이라면 지옥까지라도 따라가겠습니다' 라는 각오인 듯했다.

진검룡은 부상쾌 정도면 도움이 될 것이라 여기고 가볍게 고개를 끄덕이고는 몸을 돌렸다.

그가 전각 밖으로 나서자 끄트머리에서 낭랑이 쫄레쫄레 따라오고 있었다.

그가 쳐다보자 낭랑은 곁으로 다가와서 다소곳이 서더니 눈을 내리깔고 청아한 옥음으로 말했다.

"가시는 곳이 어딘지는 모르지만 소녀는 무조건 조장님을 따라가겠사옵니다."

조금 전에 부상쾌가 한 말을 그대로 흉내 낸 것이다.

진검룡이 시선을 자신의 궁둥이 쪽으로 주자 낭랑은 샐쭉한 표정을 지었다.

"다 나았어."

진검룡이 무도관 전문으로 향하는데 뒤따르던 사도풍이 부상쾌를 힐끗거렸다.

"저 낭자는 누구지? 못 보던 얼굴인데?"

사도풍만이 아니라 훈용강과 증혜도 부상쾌에 대해서 궁금하게 여기고 있었다.

낭랑이 태연하게 중얼거렸다.

"새로 가입한 조원이야."

예쁜 여자만 보면 어떻게 해보려고 껄떡거리는 사도풍이 즉시 새로 가입한 여자 조원 옆에 다가가 의젓하게 물었다.

"나는 사도풍이라 하오. 실례오만 낭자의 방명을 말해줄 수 있겠소?"

새로운 여자 조원은 진검룡의 뒷모습만 쳐다보면서 따라가며 짧게 대꾸했다.

"상쾌."

무도관 전문 안쪽에 백여 명이 모여 있었다. 그들은 진검룡과 함께 고명 일행을 구하러 갈 사람들이다.

강무교는 비룡당주와 흑룡당주, 그리고 비룡당 휘하 무사인 비룡무사 구십여 명과 함께 진검룡을 기다리고 있었다.

"분타주는 따로 할 일이 있소."

진검룡의 말에 강무교는 의아한 표정을 지었다. 지금 그가 할 일이란 무리를 이끌고 고명을 구하는 일뿐이다.

"내가 징강지부주라면 지금쯤 전열을 가다듬거나 이곳을 향해서 북진해 오고 있을 것이오. 그러니 분타주는 어서 이곳을 뜨시오."

순간 강무교와 비룡당주는 의아한 표정을 지었다. 진검룡의 말이 무슨 뜻인지 깨달았기 때문이다.

"여태 그런 일은 없었네. 징강지부는 위험을 감수하면서 이렇게 멀리까지 추격해 오지 않을 걸세. 자네의 걱정은 기우에 불과하네."

강무교는 미소 지으면서 손을 내저었다.

"여태 어제 같은 일은 있었소?"

"……."

강무교는 말문이 막혔다. 진검룡의 말은 어제 야산 아래에서 징강지부가 사파 무사들을 사천여 명이나 동원하여 곤명지부를 몰살시키려고 했던 일을 가리키는 것이다.

곤명지부는 지난 일 년여 동안 징강지부와 지루한 싸움을 이어오고 있었지만 어제 같은 경우는 한 번도 없었다.

징강지부의 세력은 이천오백여 명이라고 철석같이 믿고

있었는데 무려 사천여 명을 이끌고 쳐들어온 것이다.

그런데 진학현을 급습하러 간 고명은 그곳의 사파 무사 이천여 명에게 혼쭐이 나서 남쪽으로 줄행랑을 쳤다.

징강지부가 사파 무사를 도합 육천여 명이나 모았다는 것은 실로 충격적인 사실이다.

"육천여 명……."

강무교는 입속으로 중얼거렸다.

어젯밤 야산 아래에서 당한 일이 여태 없었던 일이라면, 만약 징강지부가 이곳 정혈현까지 쳐들어오게 되면 그것 역시 여태 없었던 일이다.

징강지부의 사파 무사가 육천여 명이나 된다면 이곳까지 쳐들어오지 못할 이유가 없다.

아니, 내친김에 곤명성 곤명지부까지도 노도처럼 쓸어버릴 수 있는 엄청난 세력이다.

강무교는, 아니, 어느 누구도 거기까지는 미처 생각하지 못했었다. 일 년여 동안의 매번 똑같은 형태의 싸움에 길들여져 있었기 때문이다.

일단 거기까지 생각이 미치자 강무교는 마음이 더할 수 없이 급해졌다.

고명을 구하러 가는 일도 중요하지만 이곳의 구백여 명을 안전하게 곤명지부까지 데리고 가는 것이 더 급선무였다.

강무교는 참담한 표정으로 고개를 숙였다.

"미안하네. 거기까지는 미처 생각하지 못했네."

진검룡은 아무 말 없이 걸음을 옮겨 전문으로 향했다.

강무교는 고개를 들 수가 없었다. 하마터면 천추의 한이 될 큰 실수를 저지를 뻔했는데 진검룡이 구해준 것이다.

좌우에 서 있는 비룡당주나 흑룡당주는 놀라움을 감추지 못한 채 진검룡의 뒷모습을 쳐다보고 있었다.

강무교는 고개를 들고 무도관 안으로 바삐 달려들어 가며 두 사람에게 명령했다.

"자네 둘은 진 조장을 돕게."

*   *   *

다각다각.

두 필의 말이 끄는 수레가 짐을 가득 싣고 관도를 한가롭게 가고 있다.

마부석에는 챙이 넓은 모자를 쓴 두 사내가 앉아 있으며 한 사내는 말을 몰고 다른 사내는 꾸벅꾸벅 졸고 있다. 누가 보더라도 영락없는 장사꾼의 행색이다.

수레는 야트막한 언덕 위로 뻗은 관도를 힘겹게 오르더니 언덕을 넘자 조금 더 속도를 내서 굴러갔다. 하지만 언덕을 오를 때보다 약간 빠른 정도다.

말고삐를 잡고 있는 사내는 앞만 보고 있었는데, 모자 안의 얼굴은 극도로 긴장한 표정이다.

그리고 얼굴은 앞을 향해 있는데 눈동자가 빠르게 관도 좌우의 울창한 숲을 살피고 있었다.

다각다각.

수레는 빠르지도 느리지도 않게 똑같은 속도로 언덕으로부터 삼백여 장 이상 멀어졌다.

"이제 됐네, 원(元) 형."

말고삐를 잡은 사내가 조용히 말하자 옆에서 조는 체하고 있던 사내가 얼른 자세를 똑바로 하고는 뒤를 돌아보려고 했다.

"아직 뒤돌아보지 말게."

말고삐를 잡은 사내가 주의를 주자 원 형이라는 사내는 움찔 몸이 굳어 똑바로 앞만 주시하면서 속삭이듯 물었다.

"징강지부 놈들이 틀림없지?"

"그놈들이 아니면 누가 저런 숲 속에 수백 명씩 떼거리로 숨어 있겠나?"

"그렇군. 놈들이 진을 치고 있는 걸 보면 뇌격전주는 아직 무사한 모양이로군."

"우리하고 만날 때까지 무사해야지."

"서두르세, 적(寂) 형."

"아직 아냐. 숲에서 놈들이 아직도 우릴 주시하고 있을 걸세. 놈들 시야에서 완전히 벗어난 후에 속도를 내세."

"음, 그러자구."

수레에 탄 두 사내는 진원분타 비룡당주 적설(寂薛)과 흑룡당주 원익(元翼)이다.

두 사람은 진검룡의 지시에 의해서 이 길로 남하하고 있는 중이었다.

진검룡의 계산에 의하면 고명이 이 길로 북상할 확률이 오할이라고 했다.

지금 이들이 가는 길은 전지 맨 아래 서쪽에 붙어 있는 곤양현에서 남쪽 옥계현(玉溪縣)으로 뻗은 길이다.

조금 전 이들이 징강지부 사파 무사들이 매복해 있는 것을 감지한 언덕 위는 곤양현과 옥계현의 경계를 이루고 있는 지점이었다.

이들 두 명의 당주는 일개 조장인 진검룡의 지시에 따르는 것을 추호도 수치스럽게 생각하지 않았다.

흑룡당주 원익은 원래 호탕한 성격이라서 그렇다고 쳐도, 위계질서를 엄하게 따지는 비룡당주 적설로서는 파격이 아닐 수 없다.

하지만 냉혈한인 적설은 사람을 보는 눈은 없어도, 자신이 직접 겪어본 사람이 어떤 사람인지는 알아볼 수 있었다. 그것에 의하면 진검룡은 거물(巨物)이 분명했다. 적설이 살아생전에 처음으로 만나보는 거물.

진검룡은 이쪽 길로 적설과 원익을 보내고 자신은 일행을 이끌고 또 다른 길로 갔다.

그 길로 고명이 지나칠 확률도 오 할이라는 것이다. 그렇다면 두 길 중 어느 한 곳에서 고명을 만나게 될 것이다. 진검룡의 계산이 맞는다면 말이다.

늦은 오후.

적설과 원익은 관도 변 숲에 징강지부 사파 무사들이 매복해 있던 곳에서부터 남쪽으로 삼십오 리 정도 남하했다.

쏴아아.

반 시진 전부터 늦봄에 오는 비치고는 제법 굵은 빗줄기가 쏟아지고 있었다.

그곳 언덕으로부터 삼십오 리 정도를 오는 동안 적설과 원익은 마주 오는 사람을 일곱 차례 만났는데 모두 고명 일행하고는 거리가 먼 모습들이었다.

두 사람은 길을 갈수록 점점 더 초조해졌다. 이제 오 리쯤더 가면 옥계현이 나온다.

거기가 이들이 가야 하는 길의 끝이다. 진검룡은 옥계현을 지나서 더 남쪽으로 가라는 말은 하지 않았다.

아니, 고명 일행은 옥계현의 동쪽으로부터 와서 옥계현을 거치지 않고 외곽을 돌아 관도를 따라서 북상할 것이라고 진검룡은 예상했었다.

덜그럭… 덜컹…….

비가 오자 관도 곳곳에 물웅덩이가 생겨나고 흙이 패여서 수레 속도가 자꾸 느려졌다.

"적 형, 아무리 그래도 뇌격전주 일행은 쫓기는 신세인데 여봐란 듯이 관도로 버젓이 오겠나?"

원익이 말하면서 무의식중에 뒤를 돌아보았다.

"어쩌면 우리가 모르고 그냥 지나쳤을지도 모르… 엇?"

고개를 한껏 뒤로 돌린 그가 놀라는 소리를 내자 적설은 급히 뒤돌아보다가 눈을 크게 떴다.

수레가 지나온 길 이십여 장쯤 후방의 관도 오른쪽 숲에서 수많은 사람들이 관도로 쏟아져 나와 반대쪽으로 몰려가고 있는 광경을 발견한 것이다.

수레를 멈춘 두 사람은 몸을 완전히 돌려 뒤를 쳐다보면서 만면에 기쁜 기색을 가득 떠올렸다.

비가 오고 있으며 또한 먼 거리지만 두 사람은 그들 무리가 곤명지부 무사들이라는 것을 한눈에 알아보았다.

이제 조금만 더 가면 허탕이라는 생각에 맥이 빠졌었는데, 이곳에서 곤명지부 무사들을 발견하니 반갑기도 하고 과연 진검룡의 계산이 맞았다는 생각이 들어 신기하다는 생각도 들어서 가슴이 먹먹해졌다.

두 사람은 흐뭇한 미소를 지으면서 바라보다가 더 이상 숲에서 사람이 나오지 않고, 무리가 점점 멀어지는 것을 깨닫고는 화들짝 놀라 누가 먼저랄 것도 없이 벌떡 일어나서 두 손을 흔들며 마구 소리를 질렀다.

"어이—! 곤명지부 무사들! 거기 멈추시오!"

"이봐—! 가지 말고 멈춰!"

그러자 무리 후미의 몇 사람이 힐끗 뒤돌아보더니 잠시 후 십여 명이 몸을 돌려 두 사람을 향해 나는 듯이 달려오기 시작했다.

차차창!

그런데 그들은 달려오면서 도검을 뽑아 드는 것이 아닌가. 아무래도 모자를 쓰고 있는 적설과 원익이 난데없이 소리를 지르자 적이라고 오해한 것 같았다.

적설과 원익은 즉시 모자를 벗고 수레에서 뛰어내려 그들에게 마주 달려가며 외쳤다.

"나는 진원분타 비룡당주 적설이오! 적이 아니오!"

"흑룡당주 원익이오! 당신들을 찾으러 왔소!"

쏴아아…….

여전히 비가 쏟아지고 있는 관도 변 숲 속에 고명 이하 사백여 명의 곤명지부 휘하 무사들이 모여 있었다.

"강 분타주가 보냈다고?"

고명은 앞에 선 적설과 원익을 보며 물었다. 그는 두 사람이 강무교의 측근이라는 사실을 잘 알고 있었다.

"그렇습니다, 전주."

적설은 공손히 대답한 후 말을 이었다.

"곤양현으로 가는 관도 주변에는 징강지부가 매복을 깔아 두었습니다. 저희가 오면서 확인했습니다. 계속 북상하면 위험합니다."

"음. 매복이라고?"

고명은 나직한 신음을 흘렸다. 그는 곤명지부 세력권인 곤양현까지 가면 무사할 것이라는 생각으로 무리를 이끌고 여기까지 힘들게 왔는데 적설의 말을 듣고 크게 낙담했다.

"북쪽으로 향하는 길목은 곳곳에 징강지부 사파 무사들이 눈에 불을 켜고 있는 것을 확인했습니다. 그러니 북쪽으로 가는 것은 불가합니다."

이어진 적설의 말은 고명과 세 명의 분타주를 더욱 절망에 빠뜨렸다.

"여기에서 아예 서쪽으로 더 갔다가 북상하는 것은 어떻겠습니까?"

고명 왼쪽에 서 있는 무정분타주가 조심스럽게 자신의 의견을 말했다.

숭명분타주가 고개를 절레절레 가로저었다.

"불가능하오. 서쪽은 풀조차 제대로 자라지 못하는 허허벌판이 장장 오십여 리에 걸쳐서 펼쳐져 있소. 허허벌판 끝에는 까마득한 절곡 아래로 녹즙강(綠汁江)이 급류가 되어 흐르고, 강 건너는……."

그는 더 이상 말하지 않았다. 강 건너에 또다시 칠팔십여 리에 이르는 허허벌판이 펼쳐져 있다는 사실을 구태여 말하고 싶지 않은 것이다.

극도로 지친 사백여 명이 그토록 광대한 허허벌판을 건넌다는 것, 그리고 험하기로 이름난 급류 녹즙강을 건넌다는 것은 불가능한 일이다.

더구나 이들은 어제저녁 이후 아무것도 먹지 못한 채 오늘 하루 종일 굶은 상태다.

진학현을 급습하면 식량 걱정을 하지 않아도 될 것이고, 또 단기전(短期戰)이 될 것이라는 생각에 늘 지니고 다니던 며칠 분의 식량을 놔두고 온 탓이었다.

고명은 두 손을 뻗어 적설과 원익의 어깨를 두드려 주었다.

"고맙네. 자네들이 아니었으면 큰일 날 뻔했네. 덕분에 위험에 빠지지 않았네."

그는 실망한 모습을 보이지 않으려고 애쓰며 물었다.

"강 분타주는 어디에 있는가?"

"지금쯤 무리와 함께 곤명성에 당도하셨을 것입니다."

"곤명성에? 이곳에 온 것이 아니었나?"

고명과 세 명의 분타주는 놀라는 표정을 지었다. 강무교가 적설과 원익을 보냈으면 당연히 그도 이 근처 어딘가에 있을 것이라고 생각했던 것이다.

적설은 저간의 사정 얘기를 차근차근 설명했다.

즉, 징강지부의 총세력이 육천여 명이나 된다는 것. 그래서 그들이 정혈현까지 공격할 것으로 예상하여 강무교가 무리를 이끌고 곤명지부로 귀환할 수밖에 없었다는 것. 그리고 강무교의 명령으로 진검룡이 고명 일행을 구출하기 위해서 이번 작전을 주도하고 있다는 것 등이다.

그러나 진검룡의 충고를 듣고 강무교가 크게 깨달아서 곤명지부로 철수하게 됐다는 말까지는 구태여 하지 않았다.

설명을 듣고 난 고명과 세 분타주는 적잖이 놀랐다. 강무교가 자신들을 구출하러 일개 조장을 보냈으며, 적설과 원익이 조장의 명령을 받고 있다는 사실 때문이다.

"진검룡이 지휘하고 있다는 말인가?"

적설과 원익은 고명과 세 명의 분타주가 무엇 때문에 놀라는 것인지 짐작했다.

"그렇습니다."

이어서 적설은 어젯밤 야산 아래에서의 전투에서 진검룡의 기지로 징강지부 사천여 명의 사파 무사들로부터 빠져나올 수 있었다는 사실을 설명해 주었다.

고명은 탄복하여 고개를 크게 끄덕였다.

"오오! 진검룡 조장이 대단한 일을 해냈군! 다행이야! 정말 다행이야!"

만약 다섯 개 분타가 이끄는 구백오십여 명마저 어젯밤 야산 아래에서의 싸움에서 대패했더라면 고명으로서는 일패도

지(一敗塗地)하여 다시는 일어서지 못하는 치명타를 입었을 것이다.

하지만 고명과 세 명의 분타주는 징강지부의 총세력이 육천여 명이나 된다는 사실에 충격을 받아 어두운 표정을 지우지 못했다.

쏴아아.

비는 더욱 거세져서 고명 이하 숲 속 여기저기에 모여 서 있는 사백여 무사들을 흠뻑 적시고 있었다.

그때 쌍백분타주가 허탈한 얼굴로 하늘을 우러르며 혼잣말처럼 중얼거렸다.

"허허허… 진검룡 조장이 청룡검신이라야 우릴 구할 수 있을 게요."

그 말에 다들 씁쓸한 표정을 지었다.

쌍백분타주는 진검룡이 희대의 초절고수이며 천의맹 낙양총부 청룡검대주인 청룡검신 진검룡과 이름이 같다는 이유로 어설픈 농담을 해본 것이다.

그러나 한 사람 적설만은 웃지 않았다. 웃을 수가 없었다. 그는 여태 단 한 번도 진검룡을 청룡검신하고 연결시켜서 생각해 본 적이 없었다.

그런데 방금 쌍백분타주의 농담을 듣고는 '어쩌면?' 이라는 생각이 번쩍 떠올랐던 것이다.

그러나 그는 곧 남몰래 고개를 가로저었다. 자신이 생각해도 너무 어이없는 생각이다.

진검룡이 아무리 뛰어나다고 해도 어찌 당금 무림 최고의 절대자인 청룡검신일 수가 있겠는가. 누가 그의 속마음을 알면 바보라고 손가락질할 것이 뻔하다.

"우선 식사부터 하시지요."

적설이 그렇게 말하고는 원익과 함께 관도 쪽으로 가며 말을 이었다.

"경혼조장의 지시로 먹을 것을 가져왔습니다."

그 말에 축 늘어져 있던 고명 이하 사백여 명은 귀가 번쩍 뜨였다.

그들은 적설과 원익이 타고 있던 수레에 가득 실려 있던 짐을 생각해 냈다. 그것이 바로 식량이었던 것이다.

숭명분타주는 직접 이십여 명의 숭명무사를 이끌고 적설과 원익을 뒤따라 관도로 가서 수레의 짐을 숲 속으로 운반해 왔다.

짐은 기름 먹인 두꺼운 천으로 잘 감싸져 있어서 비에 조금도 젖지 않았다.

또한 짐들은 말린 고기와 말린 생선, 볶아서 곱게 빻은 곡식 가루 등이어서 요리를 하지 않아도 즉시 먹을 수 있는 것들로 이루어져 있었다.

"이 정도면 사백 명이 닷새 동안 먹을 수 있을 것이라고 진조장이 말했습니다."

세 명의 분타주가 식량을 나누는 것을 보면서 적설이 말했다. 그런데 식량을 모두 분배하고 나서 세 명의 분타주는 감탄하여 혀를 내둘렀다.

"더도 덜도 아닌 딱 닷새분이오!"

"귀신이 따로 없군!"

그러나 놀랄 일은 더 있었다. 닷새분 한 사람의 식량을 싼 작은 짐을 포장했던 기름 먹인 천을 펼치니까 한 사람이 몸에 걸칠 수 있는 우의(雨衣)가 되었고, 머리에 쓸 수 있는 모자가 되었다.

그런데 그것이 딱 사백오 명분이었다. 현재 이곳에 있는 사람은 모두 사백삼 명이므로 두 명분이 남았다.

진검룡은 진학현에 있는 첩자로부터 곤명지부의 희생자가 몇 명이었는지 확인했기 때문에 생존자 수만큼의 식량과 우의를 정확하게 보낸 것이다.

고명과 세 명의 분타주는 전원 우의와 모자를 착용한 수하들이 더 이상 비를 맞지 않으며 군데군데 모여 앉아서 식사를 하는 광경을 보면서 놀라움을 넘어서 경이로움을 금하지 못했다.

第四十六章
은성(銀城)

大中原

닷새 후 무선호 최남단 서쪽에 위치한 강천현(江川縣).

전지가 평평하고 드넓은 평지형 호수인 데 반해서 무선호
는 둘레가 산으로 둘러싸인 계곡형 호수다.

산악 지대인 무선호 최남단 서쪽에 있는 강천현은 경치가
아름답기로 유명하고, 곤명성, 징강현에 이어 운남성에서 세
번째로 크고 번화한 현이다.

그런 탓에 강천현에는 운남성뿐만 아니라 장강 이남, 즉 강
남(江南)의 내로라하는 대부호나 세도가들의 휴식용 대장원
이 즐비하게 들어서 있었다.

특히 강천현의 동남쪽에서 남쪽으로 이어지는 호변이 단

연 인기였다.

동남쪽에는 무선호가 있고, 남쪽에는 무선호 절반의 절반 크기인 성운호(星雲湖)가 있기 때문이다.

사실 경치로는 무선호보다 성운호가 훨씬 더 빼어났다. '성운'이라는 이름이 말해주듯이 성운호에는 수십 개의 작은 섬들이 마치 밤하늘의 별들이 쏟아져 내린 것처럼 흩어져 있었다. 즉, 섬은 별이고 호수는 구름[星雲]이라는 뜻이다.

강천현 동북쪽 무선호 변에는 온갖 잡목이 우거지고 기암 괴석이 솟은, 그러나 그다지 높지 않은 계풍산(溪風山)이 위치해 있었다.

계풍산은 둘레가 이십여 리에 이르는 작은 산이다. 무선호 주위에는 수십 개의 산들이 있지만 서로 이어져 있는 산은 하나도 없으며 또한 계풍산처럼 아담하다.

계풍산의 무선호와 맞닿은 곳은 길이가 칠팔백 장에 달하는데, 한 군데를 제외하곤 전체가 들쭉날쭉한 바위투성이다.

그중 어느 벼랑 위 나무가 우거진 숲에서 몇 사람이 조심스럽게 모습을 나타냈다.

적설과 원익, 고명과 세 명의 분타주다. 그들은 숲에서 나와 벼랑 끝까지 걸어가서 멈추고 천천히 주위를 둘러보았다.

"이곳이 분명한가?"

고명이 벼랑 아래를 굽어보며 묻자 뒤에 있는 적설은 숲을 보며 고개를 끄덕였다.

"계풍산의 무선호 쪽으로 향한 곳에서 차나무 군락지는 이곳뿐이니까 분명할 겁니다."

고명이 굽어보는 벼랑은 오 장 정도의 깊이고 아래에는 바위들이 난립해 있었다.

고명이 차분한 모습인 데 반해서 세 명의 분타주는 얼굴에 초조한 표정을 감추지 못하고 있었다.

그도 그럴 것이 이곳 강천현은 징강지부 세력권의 한복판인데다 징강지부 내에서도 가장 막강한 강천분타가 웅크리고 있었다.

적설과 원익은 옥계현 조금 북쪽에서 고명 일행을 만난 후에 식사를 하며 진검룡의 계획에 대해서 설명해 주었다.

즉, 고명 일행이 왔던 길을 되돌아가서 처음에 출발했던 곳을 지나 남쪽에 있는 강천현에서 진검룡과 만나기로 했다는 내용이다.

진검룡은 자신이나 적설 누구라도 고명 일행을 만나면 강천현에서 만나자고 했었다.

징강지부는 고명 일행이 반드시 북상할 것이라고만 생각해서 북쪽으로 향하는 모든 길목을 지키고 있을 테지만, 반대로 징강지부 세력권 안쪽은 허술할 것이라는 게 진검룡의 생각이었다.

과연 그의 예견대로 고명 일행은 이곳까지 오는 동안 한 번도 징강지부 사파 무사들과 마주치지 않았다.

물론 밤에만 이동하고 날이 밝을 때에는 숲 속에 은둔했기 때문이기도 하지만, 태풍의 안쪽일수록 폭풍과 비바람이 잠잠하다는 진검룡의 논리가 맞아떨어진 덕분이었다.

이 무리의 지휘자인 고명으로서는 이곳으로 올 수밖에 없는 상황이었다.

북쪽은 죄다 막혀 있고 서쪽으로 가면 허허벌판을 건넌다고 해도 녹즙강의 급류를 건너지 못할 것이고, 남쪽 옥계현이나 그 아래로 가봐야 곤명성하고는 점점 더 멀어질 테니까 말이다.

그러니까 고명이 적설과 원익을 따라서 이곳으로 온 이유는 진검룡을 신뢰하기보다는 이 방법밖에는 달리 없었기 때문이었다고 할 수 있었다.

"하아… 대체 이런 막막한 곳에서 뭘 어쩌겠다는 것인지 모르겠군."

"그러게 말이오."

쌍백분타주와 무정분타주가 벼랑 가에 나란히 서서 암울한 얼굴로 중얼거렸다.

그때 숲 속이 소란스러워졌다. 그곳에는 고명이 이끄는 사백여 명의 무사들이 휴식을 취하고 있었다.

고명 등이 일제히 숲 쪽을 쳐다보면서 바짝 긴장된 표정으로 무기에 손을 갖다 댔다.

"우리 동료가 온 모양입니다."

적설이 느긋하게 말하면서 원익과 함께 숲으로 걸어가자 숲에서 무사 몇 명이 나오더니 그 뒤를 훈용강이 따라 나오고 있었다.

"훈 형!"

"하하! 훈 형, 좀 늦었군!"

적설과 원익이 반갑게 웃으면서 다가가 훈용강의 손을 거머잡았다.

훈용강은 고명 앞으로 가서 정중하게 예를 취하고는 말문을 열었다.

"조장님과 우리는 이틀 전에 강천현에 도착했었습니다."

"오… 그래, 진 조장은 어디에 있는가?"

"배를 구하고 있는 중입니다."

"배라?"

고명과 세 분타주는 물론 적설과 원익도 적이 놀라는 표정을 지었다.

진검룡의 세부적인 계획에 대해서는 적설과 원익도 모르고 있었기 때문이다.

훈용강은 벼랑 가로 걸어가서 호수의 동북쪽을 가리키며 설명했다.

"조장님의 계획은 이곳 강천현에서 큰 배를 빌려서 모두를 태우고 저쪽 남반강(南盤江)으로 나가 상류로 거슬러 올라 숭명현 턱밑까지 가는 것입니다."

"……"

"……"

훈용강의 그리 길지 않은 설명이 끝났는데도 아무도 입을 열지 않고 눈만 껌뻑거렸다.

그것은 실로 아무도 터럭만큼이라도 생각하지 못했던 기발한 발상이었다.

바다처럼 넓은 무선호를 가로질러 건넌 후에, 그곳에서 남반강까지 십오 리의 물길을 따라 흘러내려 갔다가, 이윽고 남반강으로 들어가서 유유히 상류로 거슬러 오른다는 계획은 절대로 아무나 할 수 있는 발상이 아니다. 아니, 천재나 할 수 있는 발상이었다.

"후우… 굉장하군."

한동안 침묵이 흐른 후에 고명이 아직도 얼떨떨한 얼굴로 한숨을 내쉬었다.

그 말에 숭명분타주가 정신을 수습하더니 흥분을 감추지 못하고 열띤 목소리로 말했다.

"남반강을 타고 거슬러 오르면 징강현을 서쪽에 두고 불과 오 리 정도 거리를 스쳐 지나게 될 것입니다! 그렇지만 놈들은 우리가 배를 타고 징강현을 바라보면서 지나치고 있을 줄은 꿈에도 모르겠지요! 핫핫핫! 생각만 해도 정말 짜릿하면서도 통쾌하군요!"

그는 이곳이 강천현이라는 사실을 잠시 망각한 듯 고개를 젖히고 호탕하게 웃었다.

"핫핫핫! 남반강 상류 상치포구(常置浦口)에서 우리 숭명현까지는 겨우 이십여 리 거리입니다! 더구나 상치포구는 숭명분타 관할이지요!"

고명은 호수를 아스라이 바라보며 중얼거렸다.

"진 조장은 실로 제갈공명 같은 인물이로군."

"하하하! 맞습니다! 그런 기발한 발상은 제갈공명 정도 돼야 가능합니다!"

숭명분타주는 자신의 거점인 숭명현이 눈에 보이기라도 하듯 호쾌한 웃음을 멈추지 않았다.

적설과 원익은 진검룡의 기발한 계획을 알게 되어 놀라고 감탄한 데 이어서 고명 이하 모두들 그를 침이 마르도록 칭찬하자 괜히 어깨가 으쓱거려졌다.

두 사람은 자신들이 지위로는 진검룡의 윗사람인데도 마치 그의 수하가 된 듯한 기분이 들었다. 하지만 오히려 그렇기 때문에 더 기분이 좋았다.

"그런데……."

문득 고명이 훈용강을 돌아보며 말문을 열었다.

"배는 구했나?"

그게 가장 중요한 문제다.

"그게… 아직 구하지 못했습니다."

훈용강의 조용한 목소리가 찬물이 되어 모두의 머리에 끼얹어졌다.

"사백 명 이상 탈 수 있는 배는 상선(商船)과 기루들이 갖고 있는 대형 유람선뿐인데, 어떻게 된 일인지 배를 빌려주려고 하지 않습니다. 빌려주겠다는 몇 명은 터무니없는 거액을 요구하고 있어서……."

"얼마나 달라고 하던가?"

"배 한 척을 열흘 동안 빌리는 데 은자 십만 냥을 달라고 합니다. 그것도 전표(錢票)는 안 되고 은자로만 내놔야 가능하답니다."

"도적놈들!"

"사전에 알아보니까 그 정도 배 열흘 빌리려면 은자 오천 냥이면 충분하다고 해서 넉넉히 이만 냥을 가져왔는데 턱없이 모자란 형편입니다."

은자 이만 냥이라고 해도 큰 궤짝으로 네 개다. 진검룡 일행이 어디로 해서 강천현까지 휘돌아왔는지는 모르지만, 무겁고도 큰 궤짝 네 개를 갖고 여기까지 온 것만으로도 대단한 일이었다.

훈용강은 고명에게 정중히 고개를 숙였다.

"지금 조장님께서 강천현 내에서 백방으로 알아보고 계시니까 조금만 더 기다려 주십시오. 정히 안 되면 다른 방법을 강구하신다고 말씀하셨습니다."

배로 무선호를 가로질러 건너가서 남반강을 타고 거슬러 오르는 기발한 방법이 막다른 벽에 부닥치자 중인은 착잡한 표정을 감추지 못했다.

문득 고명이 방법 하나를 내놓았다.

"상선이나 유람선 외에는 어떤 배가 있는가?"

"거의 고깃배 일색입니다."

"그렇다면 고깃배를 여러 척 빌려서 나누어 타고 가는 방법은 어떨까?"

배에 대해서 알지 못하는 고명이기에 가능한 생각이다.

훈용강은 난색을 표했다.

"고깃배도 알아보았는데, 고깃배에는 겨우 열 명 남짓밖에 탈 수가 없으며, 그것도 선실이 없어서 갑판에 있어야 하기 때문에 발각될 염려가 큽니다."

고명은 찌푸린 얼굴로 고개를 절레절레 가로저었다.

"안 되겠군."

사백여 명이 고깃배를 타고 간다면 사십여 척이나 필요하고, 작은 고깃배에 사람이 열 명씩이나 타고 있는 것도 눈에 띌뿐더러, 무사들이 갑판에 서 있거나 앉아 있으면 누구라도 의심을 하게 될 것이다. 그러므로 고깃배를 타고 가는 것은 불가능한 일이었다.

고명은 조금 전에 훈용강이 했던 말을 기억해 내고 궁금한 듯 물었다.

"진 조장이 정히 안 되면 다른 방법을 강구한다고 했는데, 무슨 방법인가?"

훈용강은 정중히 대답했다.

"그것은 저도 모르겠습니다."

하지만 사실 훈용강은 알고 있었다. 그것은 배를 강탈하는 방법이다.

될 수 있으면 그런 방법은 사용하지 않아야 하지만, 최악의 상황에 몰리면 어쩔 수가 없다.

그때 무정분타주가 심각한 표정으로 훈용강에게 물었다.

"혹시 진 조장은 전주를 혼자서라도 곤명성으로 모셔가겠다는 말은 하지 않던가?"

"안(安) 분타주, 말도 되지 않는 소릴세! 나는 혼자 갈 생각은 추호도 없네!"

고명이 정색하며 꾸짖듯 말했다.

하지만 무정분타주뿐만 아니라 숭명, 쌍백분타주까지도 그것에 대해서 궁금해하고 있었다.

훈용강은 정중히 고개를 숙였다.

"조장님께선 그 점에 대해서는 말씀이 없으셨습니다."

세 분타주의 얼굴이 조금 찌푸려졌다.

곤명지부의 지부주 이하 사 형제는 징강지부와의 싸움에는 추호도 관심이 없고 오히려 그 싸움을 빌미로 이득을 보는 것에만 혈안이 되어 있는 상황이다.

그런데도 고명은 홀연히 떨치고 일어나서 전장으로 나와 물불을 가리지 않고 언제나 무리의 선두에서 용맹하게 싸우고 있으니, 그가 모두의 존경을 한 몸에 받는 것은 너무도 당연한 일이었다.

비단 이곳에 있는 세 명의 분타주뿐만 아니라, 곤명지부 휘하 여덟 개 분타의 분타주들은 하나같이 고명을 왕(王)처럼 떠받들고 있었다.

그러므로 지금 같은 절박한 상황에 고명 한 사람만이라도 적지에서 탈출할 수 있기를 진심으로 원하고 있는 것이다.

그러나 고명은 최악의 경우 이곳에서 모두와 죽음을 택하더라도 절대 혼자서 탈출할 사람이 아니다.

'진 조장. 음……'

고명은 진검룡의 깊은 뜻을 간파하고 내심 흐뭇한 마음이 들었다.

명장(名將)은 수하와 생사를 함께한다는 철칙이 진검룡과 고명이 서로 통한 것이다.

* * *

진검룡 일행은 가장 변장하기 쉬운 장사꾼 모습으로 강천현 내를 활보하고 있는 중이었다.

강천현에서 제일 번화한 거리는 무선호와 면한 동남쪽에

서 남쪽의 성운호로 이어지는 삼 리 정도의 길이다.

무선호 둘레는 가파른 수십 개의 산들이 잇달아 솟아 있어서 호변이 절벽이나 기암괴석인 데 반해서, 이곳은 호변 전체가 완만한 평지인 동시에 형형색색의 자그마한 자갈로 이루어져 있었다.

무선호 전체를 통틀어서 이곳이 가장 아름다우며 또한 호수로 무난히 접근할 수 있기 때문에 포구를 비롯하여, 으리으리한 대장원들과 최고급 기루, 주루들이 처마를 맞대고 즐비하게 늘어서 있었다.

그렇지만 강천현 남쪽에 있는 성운호로 이어지는 길은 중도에서 차단되어 있었다.

성운호가 일개인의 소유이며, 안쪽에는 운남성에서 가장 아름다운 성(城)이 있기 때문이다.

그렇기 때문에 사람들은 무선호 쪽의 송림에서 그지없이 아름다운 성운호와 저 멀리 흰색으로 웅장하면서도 아름답게 솟아 있는 한 채의 성을 바라보는 것만으로 아쉬움을 달래야만 했다.

진검룡 일행은 늦은 오후 무렵에 점심 식사를 하려고 강천현 동남쪽 무선호 호변의 번화가 어느 주루에 들었다.

오늘도 이른 아침부터 잠시도 쉬지 않고 발품을 팔며 배를 빌리기 위해서 열 군데 이상 돌아다니며 흥정을 해봤지만 번

번이 퇴짜를 맞았다.

상선을 갖고 있는 상단이나 유람선을 보유한 기루들은 다들 짰는지 한결같이 은자 십만 냥, 그것도 현찰(現札)이 아니면 안 된다고 입을 모아 노래를 불렀다.

기운이 빠질 대로 빠진 진검룡 일행이 입맛이 있을 리가 없다. 식사를 하는 둥 마는 둥 하고는 멍하니 창밖의 자갈로 이루어진 호변과 호수만 바라보고 있을 뿐이었다.

그러나 일행이 녹초가 되고 실망한 표정이 가득한 데 반해서 진검룡의 표정은 추호도 변함이 없었다.

그는 묵묵히 자신 몫의 식사를 끝내고 나서 차를 마시며 주루 주인을 불렀다.

그의 오른쪽에 다소곳이 앉은 부상쾌는 그가 차를 다 마시자 조심스럽게 차를 따라주었다.

부상쾌는 정혈현을 출발한 후 오늘까지 엿새 동안 흡사 진검룡의 그림자처럼 행동했다.

그가 거리를 걸을 때는 항상 오른쪽에서 나란히 걸으며 호위무사처럼 행동했으며, 하다못해 식사를 할 때에는 자잘한 것까지도 다 하녀처럼 시중을 들었다.

그뿐 아니라 그가 측간에 가면 밖에 서서 기다리고, 객잔에서는 잠자리를 돌봐주고 아침에 일어나면 세숫물은 물론 갈아입을 옷까지도 착착 대령했다.

그녀는 진검룡이 주름투성이 노파의 얼굴을 지금의 얼굴

로 치료해 준 이후 필경 죽을 때까지 그의 그림자가 되어 살 겠다고 결심한 것이 분명했다.

그녀가 주위의 눈은 조금도 의식하지 않고 워낙 열성적으로, 그리고 헌신적으로 진검룡을 받드니까 평소 그의 측근이라고 자처했던 낭랑이나 훈용강은 설 자리를 잃어버린 것 같은 기분마저 느꼈다.

진검룡은 가까이 다가온 주루 주인에게 사정 얘기를 하고는 어디 큰 배를 구할 만한 곳이 없느냐고 넌지시 물었다.

그러자 주루 주인은 더 들어볼 것도 없다는 듯 대뜸 고개를 설레설레 가로저었다.

"강천현의 웬만큼 이름있는 상단이나 최고급 기루, 주루들은 모두 개인 소유라서 그분의 허락이 있기 전에는 절대 배를 빌릴 수 없는 것으로 알고 있습니다."

진검룡의 표정이 가볍게 변했다. 이틀 동안 그토록 돌아다녔지만 주루 주인이 한 말은 처음 듣는 내용이었다.

"그러니까 상단이나 기루에서는 아예 배를 빌려주지 않으려고 그렇게 말했을 것입니다."

진검룡 왼쪽에 앉은 훈용강이 어이없다는 표정으로 물었다.

"그러니까 그들이 모두 짜고 그랬단 말이오?"

"그랬을 가능성이 큽니다. 누구든지 돈을 내면 배를 빌릴 수 있는 것이 합법적인데, 거절을 하면 법을 어기는 것이 되기 때문에 그랬을 것입니다."

그게 사실이라면 이제 배를 빌리는 일은 불가능해졌다.

낭랑이 발끈해서 손바닥으로 탁자를 세게 내려치며 언성을 높였다.

"그 배들이 모두 개인 소유라고 했는데, 그렇다면 그 개인이라는 작자가 도대체 누구야?"

"어이쿠! 손님, 말조심하십시오."

주루 주인이 자지러지며 급히 주루 내를 두리번거렸다.

아니나 다를까 주루 여기저기에 앉은 손님들이 이쪽을 보면서 사나운 표정을 짓고 있었다.

이쯤 되면 천방지축 낭랑이라고 해도 찔끔해서 목을 움츠릴 수밖에 없었다.

"저치들, 도대체 왜 그러는 거야?"

목소리까지 작아졌다.

"상단이나 기루들… 아니, 강천현의 거의 대부분이 은성(銀城) 소유라서 그러는 것입니다. 강천현에서 은성의 높은 은덕을 입지 않고 살아가는 사람은 한 명도 없다고 해도 과언이 아니지요."

"은성? 하얀 성이라는 거야? 저쪽 성운호 쪽에 있다는 그거 말이야?"

"그렇습니다."

진검룡과 일행은 이틀 동안 강천현 내를 돌아다니면서 당연히 성운호와 은성에 대한 얘기를 귀가 따가울 정도로 들었었다.

하지만 은성이 강천현의 주인이나 다름없다는 말은 지금 처음 들었다.

진검룡이 조용히 주루 주인에게 물었다.

"은성의 주인에게 부탁하면 배를 빌려주겠소?"

그러자 주루 주인은 말도 안 된다는 듯 두 손을 마구 휘저으며 놀랐다.

"어이구! 목숨이 몇 개쯤 되지 않는다면 행여 그런 짓은 하지 마십시오!"

주루 주인은 더 이상 할 말이 없다는 듯 회계대 쪽으로 돌아가며 말했다.

"설마 은성의 성주(城主)님이 단왕의 금지옥엽인 은한 공주(銀漢公主)라는 사실을 모른단 말입니까?"

그 말에 진검룡을 제외한 일행의 얼굴에 대경실색이 가득 떠올랐다.

운남성을 실질적으로 지배하고 있는 최고의 실력자, 세도가, 대부호 등의 말로도 설명이 부족한 것이 단왕가다.

만약 그의 묵인이 없었다면 천의맹도 사황벌도 운남성 내에 지부나 분타를 두지 못했을 것이다.

낭랑이나 훈용강 등은 착잡한 표정을 지었다. 강천현의 모든 배들이 은한 공주의 소유라면 배를 빌리는 것은 불가능한 일이기 때문이다.

"은성에는 지금 누가 있소?"

그런데 진검룡이 찻잔을 내려놓으며 저만치의 주루 주인에게 넌지시 물었다.

주루 주인의 얼굴이 조금 전보다 퉁명스러워졌다.

"은성은 은한 공주님의 집이오. 별일이 안 계시는 한 일 년의 거의 대부분을 은성에 계시오."

진검룡은 고개를 가볍게 끄덕이고는 일어섰다.

주루 밖으로 나선 진검룡이 성운호로 가는 남쪽으로 뻗은 거리를 성큼성큼 걸어가자 낭랑이 졸졸 뒤따르며 의아한 얼굴로 물었다.

"조장, 지금 어디 가는 거야?"

진검룡은 짧게 대꾸했다.

"은성."

그러나 진검룡 일행은 은성, 아니, 성운호로 가는 길 초입에서부터 난관에 부딪쳤다.

번쩍이는 은빛 갑옷을 입은 삼십여 명 정도의 군사가 길을 가로막고 있었기 때문이다.

그들은 단왕가의 사병(私兵)들로서 은빛 갑옷은 이곳 은성의 군사들만 입는 복장이었다.

군사들은 장사꾼처럼 보이는 진검룡 일행이 다가오자 창

으로 가로막으며 으르딱딱거렸다.

"당장 왔던 길로 되돌아가라! 말을 듣지 않으면 치도곤을 낼 것이다!"

모두들 걸음을 뚝 멈추고 얼굴에 극도의 긴장을 가득 떠올렸다.

아니, 모두 멈춘 것이 아니다. 진검룡과 오른쪽의 부상쾌는 계속 걸어가고 있었다.

"조장······."

"조장님."

천방지축인 낭랑도 용맹한 훈용강도 감히 진검룡을 따라가지 못하고 초조한 얼굴로 그를 부르기만 했다.

단왕가의 사병은 강병(强兵) 중에서도 강병이라고 소문이 자자한데 낭랑과 훈용강이 모를 리가 없다.

지금 길목을 기키고 있는 군사는 삼십여 명이지만 안쪽에는 수백 명이 우글거릴 것이다.

낭랑과 훈용강은 진검룡이 어쩌려는 것인지 의도를 짐작하지 못하고 초조한 표정으로 지켜보기만 했다.

그러나 부상쾌는 조금도 흔들림없이 진검룡의 곁을 그림자처럼 따르고 있었다.

"끙··· 될 대로 되라. 제기랄."

낭랑은 아랫도리에 힘을 주고 오만상을 쓰면서 걸음을 옮겨 진검룡의 뒤를 따랐다.

부상쾌가 아니었으면 그녀는 하늘이 두 쪽 난다고 해도 이러지 않았을 것이다.

그런데 부상쾌에게 지는 것 같은 기분이 들어서 속이 뒤집어지는 것을 어쩔 수가 없었다.

낭랑이 걸어가자 훈용강도 급히 걸어, 아니, 뛰어가서 낭랑을 앞질러 진검룡의 왼쪽에 이르러서 나란히 걸어갔다.

그는 자신도 모르게 걸음을 멈추었다가 부상쾌가 계속 진검룡을 호위하는 것을 보고 크게 자책했다.

진검룡을 위해서 열 개의 목숨이라도 서슴없이 내놓겠다던 자신이 부지중에 걸음을 멈추었으니, 부상쾌만도 못하다는 자괴감이 들었던 것이다.

뒤에는 사도풍과 중혜만 남아서 우두커니 서 있었다. 그들은 진검룡을 존경하고 또 기꺼이 따르고 있지만, 아직은 그를 위해서 목숨을 내놓을 정도는 아니라서 사태의 추이를 지켜보기로 한 것이다.

"이놈들이!"

차차창!

군사들이 일제히 허리의 도를 뽑아 들고 진검룡 일행을 향해 마주 다가왔다.

말이고 뭐고 들어볼 것이 없다. 이곳은 단왕가의 사유지이므로 접근하면 무조건 베어버리겠다는 의도인 것이다.

이윽고 진검룡이 뚝 걸음을 멈추었다.

그런데도 군사들은 기세등등해서 도를 치켜들고 다가오고
있었다.

진검룡은 추호도 흔들림없이 조용히 입을 열었다.

"은한 공주에게 진검룡이 왔다고 전해주시오."

그러자 군사들이 갑자기 놀란 얼굴로 걸음을 뚝 멈추었다.
그러더니 그중 우두머리가 앞으로 한 걸음 나서며 여태까지
와는 달리 정중하게 물었다.

"방금 존함이 무어라고 하셨소?"

과연 단왕가의 사병들은 막돼먹은 군사들이 아니었다. 방
금까지 진검룡 등을 죽일 듯했던 그들은 순식간에 최대의 예
절을 표하고 있었다.

진검룡은 다시 한 번 자신의 이름을 밝혔다.

"진검룡이오."

"진원분타의 진검룡 조장이십니까?"

우두머리의 말투가 공손하게 변했다. 단왕가의 사병들은
귀가 따갑도록 '진검룡'이라는 이름에 대해서 교육을 받아오
고 있었다.

만약 '진검룡'이라는 인물에게 터럭만큼이라도 죄를 범한
다면 단왕가의 사병은 죽어서도 시신조차 온전히 보존하지
못할 것이다.

"그렇소."

진검룡이 고개를 끄덕이자 우두머리, 즉 백군장(百軍將)은

한 걸음 뒤로 물러나더니 이마가 땅에 닿을 정도로 깊이 고개를 숙였다.

"핫! 대인을 몰라뵙고 큰 결례를 범했습니다! 부디 용서하십시오!"

"괜찮소. 은한 공주는 안에 계시오?"

보통 이런 결례를 범하면 난리법석을 부리는 법인데 진검룡이 선선히 용서하자 백군장은 감격한 표정으로 더욱 공손히 말했다.

"계십니다. 소장이 모시겠습니다. 가시지요."

그는 앞서 걸으며 군사들에게 빠르게 명령했다.

"공주님께 즉시 이 사실을 알려라!"

그러자 군사 한 명이 옆에 묶어놓은 말을 타고 질풍처럼 길 안쪽으로 달려갔다.

진검룡은 뒷짐을 지고 성큼성큼 백군장의 뒤를 따라갔다.

처음부터 진검룡의 옆에서 한 걸음도 물러나지 않은 부상쾌는 그의 새로운 모습을 발견하고는 조심스럽게 그의 옆얼굴을 바라보았다.

구릿빛으로 그을린 그의 옆얼굴이 그녀의 시선 속으로 꽂히듯이 들어왔다.

흔들림없이 전방을 주시하고 있는 깊이 가라앉아 있는 눈과 고집스럽게 우뚝 솟은 콧날.

강파르게 도드라진 광대뼈와 약간 움푹 들어간 뺨, 파르라니 까칠하게 돋은 코밑과 입술 주변의 수염.

턱까지 이어진 짙고 검은 구레나룻에 굳게 다물려 있는 검붉으며 까칠하게 메마른 강인한 입술.

'아아……'

부상쾌는 이렇게 가까이에서 진검룡의 모습을 이토록 세밀하게 보는 것이 처음이다.

순간 그녀는 아찔한 현기증을 느꼈다. 어째서 갑자기 어지러운지 모를 일이었다.

하지만 뭔가 굉장한 것을 발견하고 느낀 듯한 기분이다. 이런 느낌은 난생처음이다. 그런데 도대체 이 느낌이 무엇인지 모르겠다.

그 바람에 부상쾌는 가볍게 상체를 휘청이다가 어깨를 진검룡의 팔에 부딪쳤다.

그러자 진검룡이 팔을 뻗어 그녀의 어깨를 감싸면서 부드럽게 미소를 지었다.

"괜찮으냐, 상쾌?"

방금 전에 봤던 그 강파르고 강직한 얼굴이 짓는 미소라고는 도저히 생각할 수 없을 정도로 봄바람처럼 훈훈한 미소라서 부상쾌는 더 지독한 현기증을 느꼈다.

"아……."

"좀 쉬어라."

진검룡은 온화하게 그렇게만 말하고는 계속 앞을 보며 걸어갔다.

부상쾌는 그러고도 잠시가 지나서야 정신을 수습했다. 마치 조금 전에 한바탕 홍역 같은 꿈을 꾼 듯한 기분이 들었고 온몸이 땀으로 축축하게 젖어 있었다.

그런데 그때 그녀는 새로운 사실을 느꼈다. 자신이 걷고 있는데 조금도 힘이 들지 않고 마치 구름 위를 둥둥 떠가는 듯한 느낌이 들었다.

그녀는 눈을 아래로 깔아 자신의 발을 굽어보았다. 그런데 그녀의 발은 분명히 한 걸음씩 땅을 딛고 있었다.

아니다. 땅을 딛는 느낌만 사뿐사뿐 들 뿐이지 힘을 주어 걷는다는 느낌이 없었다.

그때 그녀는 깨달았다. 진검룡이 팔을 뻗어 자신의 어깨를 감싼 채 가볍게 들어 올린 상태에서 걷고 있다는 사실을.

다른 사람이 보면 그저 진검룡이 부상쾌의 어깨를 팔로 감싸고 있는 것이라고만 여길 터이다.

'아아······.'

부상쾌는 속으로 세 번째 탄성을 흘려냈다. 온몸으로 짜르르 이상한 기류가 흘렀다.

전율이다. 그러나 극상의 행복한 전율이다. 이런 느낌 역시 난생처음이다.

'나는 이분을······.'

이 정도만으로도 죽을 것처럼 행복한데, 만약 이분이 자신

에게 다른 것을 해준다면 어떤 기분일까 상상하는 것만으로
도 가슴이 콱 막혔다.

그때 그녀는 문득 아주 발칙한 생각을 했다. 아니, 그녀의
의지하고는 전혀 상관없이 머리가 제멋대로 떠올린 즉흥적인
생각이다.

그것은 다름이 아니라, 그녀가 알몸이 되어 역시 알몸이 된
진검룡에게 극진히 봉사를 하고 또 뜨겁게 정사를 벌인다는
내용의 생각이었다.

어떻게 그렇게 짧은 동안에 그토록 생생하게 현실적인 상
상이, 또한 그토록 길게 한꺼번에 머릿속에 떠올랐다가 새겨
질 수 있는 것인지 모를 일이다.

'아아……'

그 생각만으로도 부상쾌는 부르르 진저리를 치며 자신도
모르게 고개를 진검룡의 어깨에 기대고 말았다. 하지만 그녀
는 자신이 어떤 행동을 취하고 있는지 깨닫지 못했다.

그렇지만 뒤따르는 낭랑이나 훈용강 등은 부상쾌의 그런
모습이 눈에 들어오지 않았다.

그들은 아직도 도대체 어떻게 된 영문인지 머릿속이 휑한
느낌이었다.

백군장의 행동으로 미루어 진검룡이 단왕가의 금지옥엽인
은한 공주를 알고 있는 것이 분명했다.

그런데 보통 아는 사이가 아닌 듯했다. 그렇다면 백군장이

저토록 깍듯하지 않을 것이다.

　도대체 진검룡이 어떻게 은한 공주를 알고 있는 것인지, 낭랑과 훈용강 등은 머릿속에 먹구름이 잔뜩 낀 것 같은 기분으로 뒤따르기만 했다.

第四十七章
무혈승리(無血勝利)

우두두두—

그때 길 맞은편에서 한 대의 마차가 지축을 울리면서 흙먼지를 날리며 달려오고 있었다.

네 필의 눈처럼 흰 백마가 끄는 화려하기 짝이 없는 마차다.

진검룡을 안내하던 백군장과 다섯 명의 군사는 즉시 길 한쪽으로 물러나서 땅바닥에 무릎을 꿇고 엎드렸다.

히히힝!

마차의 마부석의 군사가 말고삐를 힘껏 잡아당기자 네 필의 말이 앞발을 높이 쳐들며 급히 멈추었다.

엎드려 있던 백군장이 마차의 문을 열기 위해서 급히 달려
갔다.

왈칵!

그런데 그가 문을 열기도 전에 마차 문이 활짝 열렸다.

사륵!

그러더니 마차 안에서 하나의 빛이, 아니, 빛의 작은 덩어
리가 밖으로 나왔다.

"아……."

진검룡 뒤에 서서 마차를 쳐다보던 낭랑의 입에서 자신도
모르게 감탄인지 신음인지 모를 소리가 흘러나왔다.

신음 소리를 내지 않았을 뿐이지 훈용강이나 사도풍, 중혜
도 낭랑이나 다를 바 없는 표정이었다.

극도의 경악과 경탄이 한데 뒤섞인 그런 표정들이다.

작은 빛 덩어리의 정체는 사람, 그것도 한 명의 여자였다.

눈처럼 희게 빛나는 은의를 입고 은색의 긴 치마를 입었으
며, 머리에는 보석으로 치장한 아름다운 하나의 작은 관을 쓰
고 있는 십칠팔 세가량의 소녀였다.

그런데 그녀를 보는 순간 진검룡을 제외한 모두들 눈을 커
다랗게 뜨고 입을 쩍 벌렸다.

너무나도 아름다운 소녀였다. 입고 있는 은의보다 더 희고
뽀얀 얼굴은 눈이 부셔서 쳐다볼 수조차 없을 듯했다.

세상의 진정한 아름다움이란 바로 이런 것이다, 이 소녀야

말로 진정한 아름다움의 결정체다, 라고 가르쳐 주는 듯했
다.

"검룡 오라버니—!"

그런데 그 소녀가 마차에서 내리자마자 한 마리 은빛 나비
처럼 팔랑거리면서 달려오며 높은 고음으로 진검룡을 부르는
것이 아닌가.

낭랑과 훈용강 등은 달려오고 있는 소녀가 바로 단왕가의
은한 공주라는 사실을 직감했다.

진검룡은 은한 공주 단은한을 보고 뜻밖이라는 표정을 지
었다. 한 달 반 전에 그가 단은한을 치료했을 때만 해도 초췌
한 몰골에 자그마한 체구였었다.

오랫동안 불치병을 앓았기 때문에 발육이 되지 않아 젖가
슴도 덜 익은 살구 크기였고 음부의 거웃도 몇 가닥만 난 볼
품없는 모습이었다.

그런데 지금 달려오고 있는 단은한은 전혀 다른 모습으로
변해 있었다.

키가 반 뼘쯤 커졌고 빼빼 야위었던 몸에는 살이 붙었다.

무엇보다도 얼굴에서 생기가 넘쳐흘렀다. 활짝 만개한 수
선화처럼 밝고 청초하다.

"검룡 오라버니!"

수선화에 이슬이 맺혔다. 달려오며 목청껏 부르는 단은한
의 눈에서 맑은 눈물이 흘러내렸다.

와락!

단은한은 몸을 날려 진검룡의 품으로 뛰어들었다.

"보고 싶었어요! 흑흑흑! 너무 보고 싶어서 죽는 줄 알았어요! 미워요!"

그녀는 두 팔로 진검룡의 목을 끌어안고 대롱대롱 매달려서 그의 뺨에 마구 뺨을 비비며 눈물을 펑펑 흘렸다.

획!

"말씀해 보세요."

그녀가 갑자기 진검룡 목에서 팔을 풀며 두 손으로 그의 뺨을 감싸 잡았다.

진검룡의 왼손이 흐르듯이 움직여 단은한의 둔부를 받쳐 안았다. 그녀는 그가 그럴 것이라고 예상한 듯 개의치 않고 눈물을 흘리며 진검룡에게 물었다.

"제가 보고 싶었나요?"

"그래."

진검룡은 엷은 미소를 지으면서 가볍게 고개를 끄덕였으나 사실은 그녀를 생각한 적이 한 번도 없었다.

"거짓말."

그녀는 자신의 얼굴을 진검룡의 얼굴 가까이 가져가면서 입술을 내밀었다.

"거짓말인 줄 알아요. 검룡 오라버니가 절 보고 싶어 했을 리가 없어요."

그녀의 입술이 진검룡의 입술에 닿았다. 그 상태에서 단은한은 입술을 비비면서 종알거렸다.

"그래도 괜찮아요. 이렇게 오셨으니까요. 저를 보러 오셨으니까 다 용서할래요. 흑흑흑……."

진검룡은 적이 당황했다. 그는 연인 백소운 이외의 여자와 입을 맞춘 적이 한 번도 없었다.

이것은 이성끼리의 애정에 의한 입맞춤이 아니라고 해도 그는 일순간 어찌해야 할지를 알지 못했다. 단은한이 이럴 것이라고는 전혀 예상하지 못했던 것이 탈이다.

"인석아……."

천하의 진검룡은 적이 당황했지만 이런 상황에서 어찌해야 할 바를 몰랐다.

그래도 단은한은 그의 뺨을 잡고 입술을 비비는 것을 멈추지 않았다.

만약 그녀가 눈물을 펑펑 흘리지 않았다면, 진검룡은 그녀를 벌써 내팽개쳤을 것이다.

부상쾌는 그 광경을 빤히 바라보고 있었다. 그녀의 표정과 눈빛은 무엇인가를 학습하고 있는 듯했다.

낭랑은 턱을 쓰다듬으면서 그 광경을 보며 고개를 끄덕였다.

'호오… 조장의 약점이 그거란 말이지?'

그녀는 눈을 반개하고 어떤 생각에 스르르 빠져들었다.

자신이 진검룡을 유혹하여 두 사람이 침상에서 알몸으로 무엇인가를 하는 광경이 생생하게 머릿속에 그려졌다.

'이, 이런……'

그때 그 상상 속에서 그녀는 갑자기 설사똥을 싸더니 거기에 퍼질러 앉고 말았다.

'하필 그럴 때……'

단은한은 입술을 떼고 눈물이 가득 고인 눈으로 배시시 예쁘게 웃었다.

"마차까지 업어줘요."

진검룡은 빙그레 미소 지으며 그녀를 등에 업고 마차로 향했다.

*　　　*　　　*

무선호에서 가장 크고 화려한 배 한 척이 강천현 포구를 출발했다.

늦봄의 더할 나위 없이 화창한 날씨에 배는 순풍을 돛에 가득 담고 일로 북동쪽으로 수면 위를 미끄러졌다.

무선호에 떠 있는 수많은 상선과 유람선, 심지어 고깃배들까지도 이 배가 지나갈 때에는 모든 사람들이 뱃전으로 나와서 갑판에 엎드려 큰절을 올렸다.

이 배의 돛 위에서 펄럭이고 있는 커다란 깃발 때문이다.

깃발에는 푸른 바탕에 '단(段)' 이라는 금색의 한 글자가 크고 뚜렷하게 수놓아져 있었다.

지금으로부터 오백여 년 전 운남성의 서북부 이호(洱湖) 주변 대리현(大理縣)에 단사평(段思平)이 나라를 세웠는데, 바로 대리국(大理國)이다.

대리국은 삼백여 년 동안 운남성 전역은 물론 북으로는 사천성 남부 지역, 동으로는 귀주성, 남으로는 요국(療國:라오스), 월남(越南:베트남), 서쪽으로는 인도(印度), 면전(緬甸:미얀마)의 일부까지 지배했던 대국이었다.

그러나 대리국은 지금으로부터 이백여 년 전에 중원을 침략한 몽고(蒙古:원나라)의 홀필열(忽必烈:쿠빌라이)에 의해서 멸망당하고 말았다.

그 당시 단왕가는 뿔뿔이 흩어져 란창강을 따라서 남쪽으로 내려가 요국과 월남, 태국(泰國) 등 여러 나라를 세우기도 했다.

몽고의 원나라는 대리국을 멸망시키고 운남행성(雲南行省)을 설치하였는데, 대리현에 남아 있던 단왕가를 대리총관(大理總管)으로 임명하여 운남성 일대를 지배하게 했다.

이후 명나라가 들어서면서 대리총관 제도는 사라지게 되었으나 사백여 년 가까이 운남성을 지배했던 단왕가의 권세와 영향력은 여전히 막강하게 남아 있는 상태였다.

대리국은 멸망했으나 운남성은 여전히 대리국 단왕가의

나라인 것이다.

오죽하면 명나라조차도 단왕가에서 수만의 사병을 양성하는 것을 묵인하고 있을 정도겠는가.

단은한의 부친 단천뢰는 단왕(段王)으로 불리며 현재 운남성을 관할하는 포정사(布政司)마저도 눈 아래로 두고 있었다.

잔잔한 호수의 수면을 가르며 빠르게 나아가는 배의 앞 갑판에는 한 무리의 사람들이 모여서 창창한 호수를 바라보고 있었다.

바로 진검룡 일행과 고명 일행이다. 하지만 그들은 함께 있지 못하고 따로 떨어져 있는 상황이었다.

앞 갑판에는 햇빛을 가리는 금색 비단의 차일이 쳐져 있으며, 그 아래에는 번쩍이는 금으로 만든 화려한 탁자와 금 의자에 호피를 씌운 두 개의 의자가 나란히 놓여 있었는데, 그곳에는 진검룡과 단은한이 나란히 앉아 있었다.

금 탁자에는 진귀한 요리들과 술이 가득 차려져 있는데도 하늘하늘한 옷을 입은 시녀들이 계속 새로운 요리들을 가져와서 식은 요리들과 교체를 하고 있었다.

그리고 탁자의 양쪽에는 각 열 명씩 이십 명의 눈부신 은갑(銀甲)을 입고 은검(銀劍)을 어깨에 메고 은도(銀刀)를 허리에 찬 군사들이 열을 맞추어 서 있었는데, 그들은 단은한의 특별 호위대인 은갑강군(銀甲强軍)들이다.

단은한은 진검룡에게 쓰러지듯이 찰싹 붙어서 그의 입에

쉴 새 없이 맛있는 요리를 넣어주는가 하면 술잔을 들어 술마저도 그의 입에 넣어주는 등 마치 순종적인 아내 같은 모습을 보여주고 있었다.

그들의 뒤쪽에는 낭랑과 부상쾌, 훈용강, 사도풍, 증혜, 적설, 원익이 서 있고, 그 옆에는 고명과 세 명의 분타주가 나란히 서서 진검룡과 단은한의 뒷모습을 바라보고 있었다.

고명과 세 명의 분타주는 설마 자신들이 단왕의 금지옥엽인 은한 공주의 전용 유람선을 타고 귀환하게 될 줄은 꿈에서도 상상하지 못했다.

그들이 숨어 있던 계풍산 차나무 군락지 벼랑 앞으로 거대하고도 아름다운 배 한 척이 미끄러져 와서 멈췄을 때에는 모두들 숲 속에 숨어서 숨도 크게 쉬지 못했었다.

우여곡절 끝에 모두들 배에 탄 후에 고명과 세 명의 분타주, 적설과 원익은 어느 크고 화려한 방으로 안내되었고, 그곳에서 그들을 기다리고 있는 사람은 진검룡과 한 명의 절색 소녀였다.

그 절색 소녀가 바로 은한 공주라는 사실을 알게 되었을 때 기절초풍하지 않은 사람은 아무도 없었다.

적설과 원익, 고명 등은 지금 자신들의 눈으로 보고 있으면서도 여전히 이 사실이 꿈인 양 믿어지지 않았다.

그들은 이제 절대로 진검룡을 수하라고 생각하지 않는다. 아니, 못하게 되었다.

그가 여태껏 보여준 놀라운 능력도 능력이지만, 단왕가의 은한 공주가 '검룡 오라버니'라고 부르면서 하늘처럼 떠받들고 있는 존재이니 어찌 수하로 여길 수 있겠는가.

고명과 세 분타주의 수하들 사백여 명은 선실 안에서 융숭한 대접을 받으면서 편안한 휴식을 취하고 있었다.

고명 일행이 단왕가의 깃발이 펄럭이는 은한 공주의 전용 유람선을 타고 있으니 징강지부 아니라 그 누구인들 감히 검문이라도 하겠다고 접근할 수 있겠는가.

그러므로 이대로 무사히 숭명현까지 가서 곤명지부로 귀환하게 될 것은 불문가지(不問可知)였다.

그렇지만 진검룡은 이 자리가 매우 불편했다. 뒤에서 고명 일행과 자신의 조원들이 지켜보고 있는 가운데 단은한이 먹여주는 것을 넙죽넙죽 받아먹는 것은 전혀 그답지 않은 행동이었기 때문이다.

그가 지금까지 단은한이 하는 대로 내버려 두고 있었던 이유는 그녀가 취해준 이 모든 것에 대한 작은 보답이라고 생각했기 때문이다.

하지만 이제는 그것이 한계에 이르렀다.

"이제 됐다."

진검룡은 막 자신의 입에 술잔을 갖다 대고 있는 단은한의 섬섬옥수를 슬며시 밀어냈다.

"왜요? 배불러요?"

단은한은 그의 의도를 전혀 모른 채 얼굴을 바짝 들이밀며 눈을 깜빡거렸다.

"······."

진검룡은 자신의 가슴에 거의 기대 있는 그녀를 보다가 가볍게 움찔했다.

세상의 모든 여자들에게 눈곱만큼도 관심이 없었던 그조차도 순간적으로나마 할 말을 잃게 만들 정도로 단은한의 미모는 절대적이었다.

그가 단은한을 치료할 때만 해도 이처럼 아름다운 소녀로 변모할 줄은 생각지도 못했었다.

"피곤하세요? 제가 안마해 드릴까요?"

단은한은 진검룡이 뭐라고 말을 할 새도 없이 즉시 몸을 일으켜 치마를 걷더니 뽀얀 다리를 허벅지까지 드러내고 진검룡의 무릎 위에 그를 마주 보고 걸터앉아 어깨를 주무르기 시작했다.

"은한아, 그만 됐다."

"시원하지 않아요? 조금 더 세게 주무를까요?"

"아니다. 그만해라."

"헤헤··· 알았어요. 아··· 포근하다."

그러면서 그녀는 그의 가슴에 안겨 두 팔로 그의 등을 꼭 끌어안고 사르르 눈을 감았다.

"오라버니, 저 이대로 조금만 잘게요. 너무 피곤해요."

"그래."

결국 진검룡은 그렇게 대답하고 말았다. 그는 뒤에 서서 지켜보고 있는 사람들 때문에 이 자리를 파하려다가 외려 혹을 붙이고 말았다.

그는 씁쓸한 얼굴로 뒤돌아보다가 가볍게 실소를 머금었다.

단은한이 진검룡과 마주 본 자세로 안겨 있기 때문에 긴 치마가 걷어져서 눈처럼 희고 뽀얀 허벅지가 드러났는데, 모두의 시선이 거기에 고정되어 있었던 것이다.

그는 씁쓸한 미소를 지으며 단은한의 궁둥이를 받쳐 들고 일어나서 은갑강군에게 물었다.

"이 아이를 눕혀야겠으니 방으로 안내하시오."

천하에서 단은한을 '아이'라고 부를 사람은 부친 단천뢰와 진검룡뿐일 것이다.

"음… 가지 말아요……."

진검룡이 단은한을 침상에 눕히려고 하자 그녀는 그에게서 떨어지지 않으려고 하며 오히려 더욱 파고들었다.

어쩔 수 없이 그는 침상에 한동안 앉아 있다가 그녀가 깊이 잠들었을 때 다시 가만히 떼어놓으려고 했다.

"음… 싫어……."

그런데도 그녀는 찰거머리처럼 찰싹 달라붙어서 좀처럼

떨어지지 않았다. 아니, 이렇게 아름다운 찰거머리는 없다.

미모로만 논한다면 진검룡은 단은한보다 아름다운 여자를 본 적이 없다.

하지만 중요한 것은 그가 단은한을 추호도 여자라고 여기지 않는다는 사실이었다.

또한 그가 천하에서 여자로 여기는 사람은 천의맹주인 백소운이 유일하다.

그는 침상에 몸을 눕혔다. 똑바로 누우니까 단은한이 그의 몸 위에 마주 보고 찰싹 엎드려서 어깨에 뺨을 댔다.

그녀의 입술이 그의 턱에 닿았다. 약간 벌어진 입에서 젖내 같기도 하고 달착지근한 향기가 소록소록 흘러나왔다.

진검룡은 문득 그녀가 몹시 귀엽다는 생각을 하고 부드럽게 등을 쓰다듬었다.

그녀의 음부가 그의 음경에 밀착되어 있지만 추호도 욕정 따위는 일어나지 않았다. 여자라고 생각하지 않는 아이에게 욕정이 생길 리가 없다.

그때 문득 진검룡은 예전에 이와 비슷한 상황이 몇 차례 있었던 것을 기억해 냈다.

낙양총부에 있을 때 백소운은 주위의 눈을 피해서 이따금 진검룡의 거처로 찾아와 그와 함께 잔 적이 몇 번 있었다.

그 당시에 백소운은 지금 단은한처럼 그의 품속에서 아니면 그의 몸 위에 엎드려서 잤었다.

입맞춤도 했었다. 그러나 지금 생각해 보면 격정적인 입맞춤은 아니었던 것 같다. 단지 예쁘고 사랑스러워서, 세게 다루면 깨질 것처럼 조심스럽게 입맞춤을 하고 그녀의 몸을 더듬었었다.

그녀는 그때마다 자신의 순결을 진검룡에게 바치려고 애를 썼었다. 옷을 벗고 나신이 되기도 했었고, 진검룡의 옷을 벗기고 그에게 헌신적으로 봉사를 하기도 했었다.

하지만 문제는 그때마다 그가 정사를 할 준비가 되지 않는다는 사실이었다.

안타깝게도 그의 음경은 발기를 하지 않았다. 백소운이 어떻게든 발기를 시키려고 여러 방법을 동원하며 애를 썼으나 허사였다.

그 당시에 그녀는 몹시 안타까워했으며 진검룡은 미안한 마음이었다.

그러나 그때 왜 음경이 발기하지 않았는지 진검룡은 이제야 깨달았다.

단은한이 그의 몸 위에 엎드려서 자고 있어도 그는 추호도 욕정을 느끼지 않고, 그녀의 음부가 자신의 음경에 밀착되어 있어도 전혀 발기하지 않고 있다.

이것은 예전의 백소운과의 그것과 너무도 흡사하다. 그렇다면 그는 백소운을 여자가 아닌 단지 사매로 여겼던 것이 분명하다.

그는 고자가 아니다. 언제나 새벽녘이면 여느 사내들처럼 그의 음경도 힘차게 발기를 한다.

진검룡은 방금 깨달은 작은 충격으로 마음이 착잡해졌다.

백소운을 여자로서가 아닌 사매로서 사랑했었다는 사실이 그를 깊이 침잠하게 만들었다.

하지만 잠시 후에 그는 오히려 마음이 편안해졌다. 이제 백소운하고는 이어질 수 없는 사이가 됐다. 그녀와의 정리를 끊느라 여간 속을 끓이지 않았었는데, 방금 깨달은 사실은 그녀를 잊는 데 많은 도움이 될 듯하다.

그리고 그는 또 하나의 사실을 인정하지 않을 수 없었다. 설사 아무에게 말할 수 없는 사실이더라도 말이다.

무악 어머니 옥청이 겁탈을 당할 뻔했던 그날 밤, 그는 자신의 품에 깊이 안긴 그녀로 인해서 음경이 발기했었다.

욕정까지 느끼지는 않았으나 그녀가 온몸으로 파고들자 그의 몸이 반응을 보였던 것이다.

그것은 그가 옥청을 여자로 여기고 있다는 증거였다. 그리고 그녀도 그의 음경이 발기했었다는 사실을 느꼈을 것이다.

하지만 그녀는 가만히 있었고, 진검룡도 아무런 행동을 취하지 않았었다.

사랑하지도, 욕정을 느끼지도 않는데 음경이 발기했다고 해서 여자와 몸을 섞을 수는 없는 일이었다.

        *   *   *

진검룡과 고명 일행은 무사히 곤명지부로 귀환했다.

단은한의 전용 유람선이 강천현을 출발한 지 나흘째의 일이다.

그런데 골치 아픈 일이 두 가지가 생겼다.

하나는 징강지부가 총공격을 해오고 있다는 사실이다.

그리고 또 하나는 단은한이 곤명지부까지 끈질기게 따라왔다는 것이다.

그러나 단은한은 나중 문제다. 우선은 발등의 불인 징강지부의 총공격에 대처하는 것이 급선무였다.

강무교가 곤명지부 휘하 다섯 개 분타를 이끌고 정혈현을 출발하여 곤명지부에 도착하고 나서 이틀 후에 징강지부가 총공격을 개시했다고 한다.

징강지부의 총공격에 동원된 사파 무사의 수는 오천 명.

만약을 위해서 징강현에 육천 중 천 명을 남겨두었다. 오천 명으로도 충분히 곤명지부를 쓸어버릴 수 있다고 판단한 것이다.

곤명지부 휘하 여덟 개 분타 무사의 수는 천삼백여 명에 불과했다.

곤명지부는 텅 비었다. 곤명지부주 고후가 세 명의 동생과 함께 지부에 소속된 무사 팔백여 명을 이끌고 도망쳐 버렸기 때문이다.

곤명지부 무사 팔백여 명과 여덟 개 분타 천삼백여 명을 합하면 이천백여 명이다.

그들로 결사항전을 벌인다면 천삼백여 명으로 싸우는 것하고는 비교조차 할 수 없을 것이다.

그런데도 고후는 싸울 생각은 하지 않고 징강지부의 총공격 소식을 접하자마자 수하들은 물론이고 창고의 쌀 한 톨까지 깡그리 쓸어 담아 수레에 싣고 도망쳐 버린 것이다.

고후의 그런 행동은 실로 무책임한 것이어서 동생인 고명은 물론 여덟 명의 분타주와 모든 무사들의 공분을 사기에 충분했다.

그는 사실상 자신의 곤명지부주라는 지위를 포기한 것이나 다름이 없었다.

정혈현은 전지의 동쪽에 위치해 있으며, 아래로 길쭉한 형태인 전지의 중간쯤에 있다. 물론 정혈현은 곤명지부의 세력권에 있다.

징강지부는 추호의 저항도 받지 않고 정혈현을 수중에 넣은 후 멈추지 않고 계속 북진하여 곤명성 동쪽 야트막한 구릉지대에서 일단 멈추고 전열을 가다듬었다.

곤명성 전지 서쪽에 있던 여덟 개 분타 무사들과 고명의 뇌격무사 오십여 명 천삼백여 명은 동쪽으로 이동하여 전지에서 삼 리쯤 떨어진 평원에 각 분타별로 늘어섰다.

고명과 뇌격무사 오십 명이 한가운데 있고, 좌우에 숭명분타와 진원분타가 양익(兩翼) 두 개의 날개로 자리 잡았다.

예전에는 여덟 개 분타 중에서 진원분타는 언제나 끄트머리 신세를 면하지 못했었는데 지금은 지휘자인 고명의 우익(右翼)을 맡게 되었다.

진원분타는 큰 공을 세웠다. 분타주 강무교는 야산 아래에서의 전투에서 적시에 후퇴하여 대패를 모면했으며, 정혈현에서도 지혜를 발휘하여 즉시 곤명지부로 철수해서 징강지부의 추격에서 무사할 수 있었다.

그뿐 아니라 진검룡을 보내서 징강지부 세력권 안에 고립되어 있던 고명과 세 개 분타를 한 명도 다치게 하지 않고 고스란히 구해왔다.

강무교의 진가는 천정부지로 치솟았다. 고명의 절대적인 신임을 받게 되었을 뿐만 아니라, 일곱 개 분타주들에게도 전폭적인 지지를 얻었다.

야산 아래에서의 전투에서 고집을 부려 끝까지 사수를 주장했던 회택분타주는 이후에 자신의 실책을 깨닫고 눈물을 흘리며 강무교에게 잘못을 사죄했다.

또한 여덟 개 분타 천삼백여 무사들은 강무교를 고명과 거의 동격으로 인정하게 되었다.

그것에 대해서 고명은 추호도 질투하지 않고 기꺼이 기뻐해 주었다.

만약 징강지부의 총공격이 없었더라면 곤명지부에서 대대적인 논공행상(論功行賞)이 치러져서 강무교는 큰 상을 받았을 것이다.

"어떻게 된 일인지 알아냈습니다."

숭명분타주가 고명에게 다가와 보고를 했다. 그 자리에는 강무교도 있었다.

"귀주성의 사황벌 안순지부(安順支部)가 열네 개 분타를 징강지부에 지원한 것입니다."

숭명분타주 궁협(穹俠)은 숭명분타에 남겨두고 온 수하가 방금 전에 보고한 정보를 고명에게 알려주었다.

"그렇게 해서 이곳 운남성에서 천의맹 곤명지부를 전멸시킨 다음에는, 안순지부가 귀주성의 천의맹 귀양지부(貴陽支部)를 공격할 때 징강지부가 전폭적으로 지원해 주기로 약속했답니다."

귀주성의 안순현에는 사황벌 안순지부가 있고, 성도인 귀양성에는 천의맹 귀양지부가 있다.

운남성의 징강지부와 귀주성의 안순지부는 서로 한 번씩 도와서 곤명지부와 귀양지부를 차례로 전멸시키는 기발한 계획을 만들어냈던 것이다.

"음, 그렇게 된 것이었군."

보고를 듣고 난 고명은 침중한 표정으로 고개를 끄덕였다.

징강지부 세력이 갑자기 육천 명으로 배 이상 불어난 이유를 알게 되었으나 그렇다고 해서 지금의 난국이 해결될 리는 없었다.

고명은 돌덩이처럼 굳은 얼굴로 전방을 쳐다보았다.

전방 삼백여 장 거리 구릉지대가 시작되는 곳에 깨알처럼 많은 무리가 운집해 있는 것이 보였다.

징강지부, 아니, 안순지부까지 합세한 오천여 명의 사파 무사들이다.

왜 공격을 해오지 않고 저기에 집결해 있는지는 모를 일이다. 하지만 공격이 시작되면 바야흐로 최후의 전투가 벌어질 것이다.

지금 곤명지부 여덟 개 분타 천삼백여 명은 죽음을 각오하고 싸울 투지에 불타고 있었다.

천삼백 대 오천의 싸움이라면 결과는 뻔하다. 이쪽 무사들의 실력이 사파 무사들보다 낫다고 해도 천삼백으로 오천을 이길 수는 없는 일이다.

곤명지부는 운남성 전역에 흩어져 있는 여덟 개 분타의 탯줄 같은 곳이다.

곤명지부가 무너지면 여덟 개 분타는 탯줄이 끊어진 태아의 신세가 되고 말 것이다. 즉, 곤명지부와 여덟 개 분타는 공존의 운명인 것이다.

그러므로 이 싸움은 이쪽으로서도 절대로 물러날 수가 없다.

이기지 못하더라도 징강지부에 최대한의 피해를 입혀야만 한다.

태양이 중천에 떠 있다. 정오다.

징강지부가 먼저 공격해 오지 않는 한 곤명지부가 먼저 공격하는 일은 없을 것이다.

늦봄의 따사로운 햇살이 내리쬐고 있는 가운데 구릉지대 쪽에서 뭔가 움직임이 있었다.

말을 탄 한 사람이 빠른 속도로 이쪽으로 달려오고 있는 모습이 보였다.

가까이 다가온 모습을 보니까 한 명의 사파 무사인데 도에 백기를 묶어 펄럭이면서 달려오고 있었다.

즉, 사자(使者)의 신분으로 말을 전하려고 왔다는 뜻이다.

사자는 고명의 열 걸음쯤 앞에 멈추고는 말에서 내리지도 않고 징강지부주의 말을 전했다.

"항복하면 모두 살려주겠다! 원하는 자는 운남성 밖으로 나갈 수도 있다! 또한 사황벌에 들어오는 자는 최고의 대우를 해주겠다! 한 시진의 여유를 줄 테니까 그때까지 결정하라! 한 시진 후에는 전면 공격을 개시하겠다!"

사자는 말을 멈추자마자 말 머리를 돌렸다.

"저놈을 죽여 버리겠다!"

"그만!"

몇몇 분타주가 뛰쳐나가려는 것을 고명이 제지했다.

다각다각.

모두들 사자가 탄 말이 멀어지는 광경을 착잡한 표정으로 지켜보았다.

"분타주들은 모이시오."

사자의 모습이 시야에서 사라지자 고명이 심각한 표정으로 여덟 명의 분타주를 불러 모았다.

"우리는 절대 항복할 수도 없으며 해서도 안 되오."

고명은 그렇게 서두를 꺼낸 후 말을 이었다.

"하지만 싸움이 시작되기 전에 포기할 수는 있소."

"무슨 말씀이십니까?"

숭명분타주 궁협이 놀라는 얼굴로 급히 물었다.

"항복과 포기는 다르오. 항복은 비굴한 것이지만 포기는 현명한 것일 수도 있소."

다들 그의 말뜻을 이해하는 듯 착잡한 표정을 지었으나 아무도 입을 열지 않았다.

"살아 있으면 언제든지 기회를 만들 수 있소. 하지만 죽으면 모든 게 끝이오. 나는 당신들이 이 싸움을 포기하면 좋겠다고 생각하오."

"전주!"

"아아… 전주, 그렇게 말씀하시다니……."

분타주들은 비통하게 외쳤다.

그들이 알고 있는 고명은 절대 비겁한 사람이 아니다. 그리고 싸움이나 패배가 무서워서 꼬리를 감출 사람도 아니다. 그런 그가 싸움을 포기하자고 말하는 것이다.

"싸우게 되면 우리는 패배할 것이고 또한 전멸할 것이오. 적은 큰 피해를 입겠지만 승리할 것이오. 그래서 그들 사황벌이 곤명성을 지배하게 될 것이오."

그렇게 되면 운남성에서는 천의맹이 자취를 감추게 된다. 운남성 각 지역의 여덟 개 분타에 소수의 무사들이 남아 있지만 그들로서는 어찌해 볼 방법이 없다.

고명은 너무도 진지하게, 그리고 숙연히 말을 이었다.

"그러나 우리가 살아 있으면 운남성의 천의맹도 살아 있는 것이오. 곤명성은 놈들에게 내주겠지만, 우린 운남성의 각 지역에서, 아니면 한 귀퉁이를 차지한 채 놈들과 계속 싸워 나갈 수도 있을 것이오."

모두들 고명의 말을 십분 이해하고 착잡한 표정을 지었다.

그때 강무교가 조용히 말문을 열었다.

"확실히 전주께서 하신 말씀은 일리가 있습니다. 하지만."

그는 가볍게 고개를 가로저었다.

"그렇게 하면 참으로 비참하고 지루한 생활을 해야만 하고, 끝없이 도망 다니면서 사황벌과 싸워야 합니다."

모두들 고개를 끄덕이며 방금 전보다 더 착잡한 표정을 지었다.

"여기에서 싸움을 포기하고 여덟 개 분타가 각자의 지역으로 돌아간다면 여덟 개로 고립될 뿐입니다. 아니면 여덟 분타가 한 귀퉁이를 차지하여 농성을 벌인다고 해도, 곤명성을 차지한 사황벌이 장차 더욱 세력을 키워서 더 많은 수의 사파 무사로 공격해 올 것입니다. 우리는 그것까지 생각해야만 합니다."

그의 말은 분명히 옳다. 곤명성을 차지한 징강지부는 서두를 필요가 없다.

그들은 몇 달이든 몇 년이든 곤명성을 기반으로 세력을 키워 나갈 것이고, 나중에는 그 세력으로 여덟 개 분타를 공격할 것이다. 그렇게 되면 지금보다 더욱 비참하게 패배를 당하게 될 터이다.

강무교는 강경한 표정으로 주먹을 불끈 쥐었다.

"그러느니 차라리 이곳에서 끝장을 냅시다."

그러자 모두들 크게 고개를 끄덕이며 결연한 표정으로 입을 모았다.

"강 분타주 말이 옳습니다. 이 싸움을 포기하면 안 됩니다."

"여기에서 물러나면 더 이상 갈 곳이 없습니다."

강무교는 고명을 쳐다보며 진지한 표정을 지었다.

"우리가 여기에서 싸움을 포기하면 전주께선 어떻게 되시는 겁니까?"

"나는……."

고명은 더없이 착잡한 표정을 지으면서 말을 잇지 못했다.

곤명지부가 적의 수중에 들어가고 형제들은 다들 도망쳤으니 고명은 갈 곳이 없어진다.

"그렇군요."

"아아… 그것을 미처 생각하지 않았군요."

강무교가 말하기 전에는 모두들 거기까지는 생각하지 못했었다.

강무교는 딱 부러지게 말을 잘랐다.

"우린 전주를 포기하지 않을 것입니다."

"강 분타주……."

고명은 울컥 뜨거운 것이 치미는 것을 느끼며 고개를 돌려 버렸다.

돌아서 고개를 숙인 그의 눈에서 뜨거운 사나이의 눈물이 뚝뚝 흘러내렸다.

진원분타가 정열해 있는 곳으로 돌아온 강무교는 지금까지의 상황을 진검룡을 비롯한 당주들에게 자세히 설명했다.

이어서 단호한 표정으로 자르듯이 말했다.

"결전은 반 시진 후에 시작될 걸세."

"알겠습니다."

세 명의 당주가 정중히 허리를 굽히며 입을 모았다. 그들의 얼굴에는 결사의 의지가 뚜렷이 떠올랐다.

그때 진검룡이 조용히 말했다.

"꼭 싸워야 하오?"

"무슨 말인가?"

강무교는 의아한 표정을 지었다. 지금 이 상황에서 꼭 싸워야 하냐고 묻다니, 아닌 밤중에 홍두깨 같은 소리다.

진검룡은 예의 무심한 얼굴로 중얼거렸다.

"싸우지 않고 적을 물러가게 할 방법이 있소."

"……."

강무교와 세 명의 당주는 의아한 표정을 지었다가 곧 진지한 표정으로 바뀌었다.

진검룡이 절대 허언을 할 사람이 아니라는 것을 잘 알고 있기 때문이다.

"바, 방법을 말해보게."

극도로 흥분한 강무교는 말까지 더듬었다.

징강지부의 총공격 개시를 일각 앞둔 시각에 곤명지부 쪽에서 한 필의 말이 징강지부 진영으로 출발했다.

다각다각.

아까 징강지부에서 온 사자처럼 한 자루 검에 백기를 묶어서 펄럭이며 가고 있는 곤명지부의 사자다.

그는 징강지부 진영 앞 오 장 거리에서 멈추고 서찰 한 통을 땅에 떨어뜨린 후에 큰 소리로 외쳤다.

"우리는 반 시진 전에 그것과 똑같은 내용의 서찰을 비합전서를 통해서 천의맹 귀양지부로 보냈다!"

이어서 그는 말 머리를 돌려 다시 곤명지부 쪽으로 달려갔다.

사파 무사 한 명이 달려와서 풀밭에 떨어져 있는 서찰을 집어서 돌아가 징강지부주에게 바쳤다.

그리고는 서찰을 읽고 난 징강지부주의 안색이 새하얗게 질려 버렸다.

―사황벌 안순지부는 텅 비어 있다. 천의맹 귀양지부는 지금 즉시 안순지부를 총공격하도록!

고명과 여덟 명의 분타주는 진영 앞에 일렬로 늘어서서 긴장된 표정으로 징강지부 진영을 주시하고 있었다.

아무도 움직이지 않았고, 눈도 깜빡이지 않았다. 그리고 얼굴에는 극도의 긴장이 떠올라 있었다.

그리고 어느 순간 누군가 다급히 외쳤다.

"저기! 놈들이 물러가고 있습니다!"

그렇게 소리치지 않아도 모두들 똑똑히 지켜보고 있었다.

개미 떼처럼 구릉지대를 가득 뒤덮고 있던 징강지부 사파 무사들이 꾸물거리면서 구릉지대 위쪽으로 물러가고 있었다.

고명 이하 이쪽 사람들은 꼼짝도 하지 않고 온몸에 힘을 준 채 뚫어지게 구릉지대를 주시했다.

이윽고 징강지부 사파 무사들의 모습이 구릉지대 너머로 완전히 사라졌다.

그런데도 이쪽에서는 아무도 움직이지 않고 또 말도 하지 않았다.

모두들 자신들의 눈으로 똑똑히 목격했으면서도 그 사실을 믿지 못하는 것 같았다.

아니면 구릉지대로 넘어간 징강지부 사파 무사들이 잠시 후에 다시 모습을 나타낼 것만 같은 불길한 생각이 드는 것인지도 모른다.

그렇게 일다경의 시간이 흘렀다. 늦봄의 훈훈한 미풍이 초원을 스치며 지나갔다.

"아아… 간 것 같습니다……."

그때 숭명분타주가 자신이 무슨 말을 하는지도 모르면서 신음처럼 중얼거렸다.

터질 것처럼 팽팽한 얼굴의 고명이 한쪽에서 대기하고 있는 말을 탄 무사에게 명령했다.

"확인하라."

우두두두—

무사는 힘차게 말을 몰아 구릉지대로 달려갔다가 잠시 후에 되돌아와서 힘차게 보고했다.

"징강지부는 전지를 따라서 남하하고 있습니다!"

고명을 비롯한 분타주들은 터질 듯한 흥분과 기쁨을 억누른 채 일제히 강무교를 쳐다보았다.

"강 분타주……."

"서, 성공이오."

그러나 강무교는 몸이 뻣뻣해지고 멍한 얼굴로 아무 말도 하지 않은 채 구릉지대를 바라보고 있을 뿐이었다.

누구보다도 이 사실이 믿어지지 않고 또 경악하고 있는 사람이 바로 강무교였다.

진검룡의 말을 듣고 그것을 고명에게 전해서 일단 시도를 해봤으나 이런 결과가 나올 줄은 추호도 예상하지 못했었기 때문이다.

"아아……."

몸이 얼음덩어리처럼 뻣뻣하던 강무교의 입에서 이윽고 한숨 같은 탄성이 흘러나왔다.

순간 모두들 강무교의 손과 몸을 잡으며 일제히 소리를 질러댔다.

"강 분타주, 해냈소! 놈들이 물러간 것이오!"

"싸우지 않고 이긴 것이오! 꿈을 꾸는 것만 같소!"

"정말 장하오, 강 분타주!"

강무교의 눈에 부옇게 눈물이 고여들었다.

조금 전까지만 해도 강무교는 물론이고 고명과 일곱 분타주, 그리고 천삼백여 무사들은 자신들이 최후까지 처절하게 싸우다가 죽을 것이라고만 생각했었다.

그것은 운명이고 또 숙명이라고만 여겼다. 아무도 그것을 바꾸거나 되돌릴 수 없을 것이라고 생각했다.

그런데 잠깐 사이에 운명이 완전히 변해 버렸다. 이제는 아무도 죽지 않을 것이며, 곤명지부와 여덟 개 분타 모두 무사하게 되었다.

고명도, 일곱 명의 분타주도 모두 눈물을 흘렸다.

죽을 뻔했다가 살아났기 때문에 우는 것이 아니다. 자신들이 운명을 바꿨기 때문에 저절로 눈물이 흘러넘치는 것이다.

그때 그 소식을 전해 들은 천삼백여 무사들이 기쁨에 겨워 일제히 함성을 터뜨렸다.

"와아아―! 강무교 만세―!"

"와아아아―! 진원분타 만세―!"

*　　*　　*

곤명성은 다시 평온을 되찾았다.

가솔들을 이끌고 도망쳤던 곤명지부주 고후와 형제들도

다시 돌아왔다.

겉으로 보기에 변한 것은 없다. 전지 옆에 여덟 개의 커다란 천막들이 나란히 늘어서 있고, 그곳에서 천삼백여 무사들이 오랜만에 찾아온 꿀맛 같은 휴식을 즐기고 있었다.

날이 따스해지자 전지로 뛰어들어 목욕을 하거나 철 이른 헤엄을 치는 무사들도 눈에 띄었다.

하나의 큰 변화가 있다면, 진원분타주 강무교의 명성이 고명을 훨씬 능가하게 되었다는 사실이다.

그로부터 보름 후.

천의맹 곤명지부에 극도의 긴장감이 감돌고 있었다.

예고도 없이 천의맹에서 높은 지위의 인물이 방문했기 때문이다.

천의맹은 정파 무림의 기둥으로 구백칠십팔 개 방, 문파와 그에 속한 삼십만여 명의 무림인들을 관리, 지배하고 있었다.

너무 방대한 규모이기 때문에 천의맹은 장강을 중심으로 강북과 강남에 각각 하나씩의 지총부(支總部)를 두어 휘하 세력들을 관리하고 있었다.

강북지총부(江北支總部)는 하북성(河北省) 북경성(北京城)에 있으며, 강남지총부(江南支總部)는 호북성(湖北省) 무창성(武昌城)에 있다.

강북지총부는 북육성(北六省) 여섯 개 지부와 여든다섯 개 분타를, 강남지총부는 남칠성(南七省) 일곱 개 지부와 백이십오 개 분타를 관리, 감독하고 있다.

그러므로 지총부주의 지위는 천의맹 내에서 서열 이십 위 안에 들며, 관할 내의 지부와 분타에 대한 존폐(存廢)를 결정하고 생살여탈권(生殺與奪權)을 휘두르는 막강한 권한을 지니고 있다.

그런데 바로 그 강남지총부주가 전격적으로 곤명지부를 방문한 것이다.

『대중원』 5권에 계속…

조종호 新무협 판타지 소설

十變化身
십변
화신

"너는 죽는다."

"……!"

뇌서중은 자신도 모르게 번쩍 고개를 치켜들어 뇌력군을 올려다봤다.

"다시 말해주랴? 난호가 망혼곡에 들어가면 네놈은 반드시 죽는다."

비밀에 싸인 중원 최고의 살수문과 망혼곡(忘魂谷).
그곳에서 십 년 만에 돌아온 화사명은 기억을 지우고
평화로운 삶을 꿈꾸지만,
주위엔 가문을 위협하는 자들이 존재하고 있었으니……

그의 손엔 망혼곡 삼대기문병기
용편검(龍鞭劍), 명혼기수(冥魂起手), 엽섬비(葉閃匕).
얼굴엔 서로 다른 열 개의 괴이한 가면.

망혼곡주 십변화신!
그가 일으키는 폭풍의 무림행!

Book Publishing CHUNGEORAM

유행이 아닌 자유추구 -
WWW. chungeoram.com

백야 新무협 판타지 소설

醉佛狂道
취불광도

「무림포두」, 「염왕」의 작가 백야!
그가 칠 년 동안 갈고닦아 온 역작 「취불광도」!

강호 일신(一神), 검신 한담(邯罩).
오직 검 한 자루로 무림을 지배하고 다스리는 인물.
강호를 지배하는 또 하나의 손, 또 하나의 검……

기이한 파계승의 손에서 자란 나정은 스승과 함께 떠난 무림행에서
이십 년 전의 혈난을 만들어낸 금단의 무공을 만나게 되고……

그에게 잠재되어 있던 거대한 힘이 운명의 안배에 따라 깨어난다!

어린 동자승, 나정이 만들어가는 무림 기행!
또 하나의 전설이 이제 시작된다!

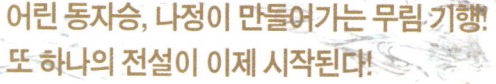

Book Publishing CHUNGEORAM

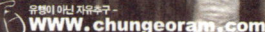
유행이 아닌 자유추구─
WWW.chungeoram.com